太陽

三島由紀夫
Mishima Yukio

與鐵

Sun and Steel

邱振瑞——譯

目次

太陽與鐵 005
尾聲——F104 101
行動學入門 125
何謂行動? 126
軍事行動 133
行動的心理 139
行動的模式 145
行動的效果 151

行動與待機　159
行動計畫　166
行動之美　173
行動與團體　180
行動與法律　187
行動與距離　193
行動的結束　199
〈解說〉太陽神與行動的銳意／邱振瑞　207

太陽與鐵

最近，我開始覺得小說這種客觀的文學類型裡有許多難以表現的東西，我已經不是二十歲的抒情詩人，之前亦不是嚴格意義上的詩人。於是，我對這適合於自我表白的範疇做探索，發現了一個微妙而曖昧的領域：表白與批評的中間型態，也就是「隱蔽的批評」。

它是介於自白的夜間與批評的白晝之間的交界線——黃昏的領域。正如其語源所示——「那是誰[1]」。當我說「我」的時候，這個「我」並非真正屬於自己的那個「我」，我發出的所有語言，無法回流到我的體內，它成為某些殘渣，即不能有所歸屬，也不能回歸體內，正是這樣的東西，我把它稱為「我」。

當我思考那樣的「我」為何之時，我必須承認這個「我」，其實已完全標示我占有的肉體的領域了，因為我正在找尋「肉體」的語言。

如果我自比為「房屋」的話，那麼我的肉體就如同圍繞著這座房屋的果園。於是，我既可以妥善地照顧果園，也可以放任它雜草叢生。這是我的自由，但是這種自由，決非是輕易可理解的自由，因為許多人把自家的庭院認定是（自己身分的）「歸宿」。

有時興之所致，我便開始努力地耕耘這片果園，而為我所用的即是太陽與鐵：充足的陽光和鐵鋤，成了我農耕中最重要的兩個動力。就這樣，隨著果樹慢慢結實起來，肉體便占據了我大部分的思考空間。

毋庸置疑，這個過程並非短時間形成的，而且若沒有更深的契機，它也不可能自行開始的。

我仔細回想自己的孩提時期發現，我對語言的記憶比肉體的記憶可以追溯得更遠。對於普通人來說，可能是肉體先到，語言隨後跟上，但我則是語言先到，過了很久，肉體才悻悻然地以刻板的姿態來訪。不用說，這時肉體已完全被語言侵蝕了。

1 日語「黃昏（たそがら）」的語源為「たそかれ」，意指「那是誰？」因日暮時分看不清對方，會問「前者何人？」

換句話說，先有白圓木柱子，白蟻才會來啃蝕它。不過，我的情況是，先有白蟻，以後才慢慢出現已半蝕的白圓木柱子。

在此，我把自己的職業譬喻成「白蟻」，尚請讀者們原諒呢。語言藝術的本質，如同蝕刻法中的硝酸那樣，它的作用在於腐蝕，而我就是利用語言腐蝕現實這種作用來創作的。這種譬喻或許有失正確，但與蝕刻法中的銅和硝酸這種從自然抽出的同等要素相比，不能說語言如同硝酸作用於銅那樣，來得作用於現實。因為語言是把現實抽象化而連結我們的悟性的媒介，它對於現實的腐蝕作用，必然就包含著不斷腐蝕語言自身的危險。毋寧說，我把這種作用喻為過多的胃酸不斷消化和腐蝕胃部來得恰當些。

若說這是我幼年時期即已經歷的事情，恐怕很多人都不敢相信吧。

不過，這可是發生在我身上的戲劇性事件，它為我準備了兩個相反的傾向。其一，忠實地推進語言的腐蝕作用，決心把它當成自己的工作；其二，則是強烈地設法在語言完全不參與的領域中與現實相遇。

在所謂的健康過程中，有些天生異稟的作家，就是能夠達到使這個傾向不相背反而互相協調，磨練語言進而重新發現的美妙境界。然而，這究竟是「重新發現」，他必須在人生之初，即需以尚未受到語言汙染的肉體現實為條件，但我必須說，這與我的情況不同。

想必小學老師對我天馬行空的作文，都要感到頭疼的，因為我沒有使用與現實相符的語言。年幼的我在無意識中已預感到語言的微妙需以潔癖為法則，那是為了積極提高語言的腐蝕作用，避免消極的腐蝕作用……更簡單地說，為了保持語言的純潔性，我盡量避免語言與現實相遇，換句話說，我只觸動積極的腐蝕作用的觸角，盡量避免與應該腐蝕的對象迎面碰撞……或許我就是出於這種自覺吧。

另一方面，作為這種傾向必然的反作用，我在語言完全不參與的領域中，只承認現實與肉體的存在。對我來說，現實與肉體即成了同義詞，亦成了一種拜物教性的迷戀對象。在不知不覺中，我開始關注語言，但對它敷衍也是事實，這種拜物教性的迷戀，也確切地反映出我對語言的崇拜。

在第一階段中，我很清楚地把自己放在語言的側面，而將現實、肉體、行為放置在另一側。我就是藉由故意為之的二律背反來助長我對語言的偏見，與此同時，對現實、肉體和行為根深柢固的誤解，也是以此種方式形塑而成的。

所謂二律背反，是以我不擁有肉體、不擁有現實、不擁有行為為前提的。誠然，在人生之初，肉體很晚才來造訪我，可我已備妥語言迎接它。我可能偏向於第一傾向，我一開始就沒有把它當成「我的肉體」加以承認。倘若我承認它是肉體的話，就會失去我對語言的純潔性，即成為被現實冒犯之人，那時就已經無從回避現實了。

有趣的是，我之所以頑固地不承認它，是因為一開始在我的肉體觀念裡，早已潛藏著某種美好的誤解。我並不知道男人的肉體絕對不作為一種「存在」而顯現，因為我原本以為它應該作為一種「存在」表現出來。因此，當它作為對存在的一種可怕的反駁，作為一種拒絕存在的存在型態明顯地呈現出來之時，我宛如看見怪物般的驚慌失措，或許這只是我的主觀感受。我實在無法想像其他的男人，以及所有像樣的男人都可能如此。

這顯然是從誤解中產生出來的，但這樣的狼狽和恐懼，同樣也可以在其他地方虛構出「應有的肉體」和「應有的現實」吧。我始終不知道，拒絕擁有存在型態的肉體，竟是男人肉體普遍的存在型態，在面臨虛構「應有的肉體」時，我試著賦予它相反的性格。於是，作為例外的自己的肉體存在，可能就是透過語言的觀念性腐蝕而產生的，因此「應有的肉體」、「應有的現實」便必須拒絕語言的參與。其肉體的特徵，就是造型美與無言。

依我看來，語言的腐蝕作用，既然在發揮造型的作用，這種造型的規範正是這種「應有的肉體」的造型美，而語言的藝術理念，正是對這種造型美的模仿……也就是說，在於對絕對不受腐蝕的現實的探究。

這顯然是自我矛盾，但它試圖從語言中消除其本質的作用，從現實中抹殺其本質的特徵。從另一方面來看，這是為了避免語言和作為其對象的現實相遇，極其巧妙而狡黠的方法。

這樣，在不知不覺中，我的精神便會陷入自相矛盾的兩方，而且當我企圖從有利於己而空想神似的角度，開始操作其雙方之時，便投入了小說創作。於是，我對現實與肉體的飢渴就更加強烈了。

……直到後來，多虧太陽與鐵的賜予，我學會了一門外語，懂得了肉體的語言。它是我的第二外語，形塑了我的教養。我現在想談談這教養是如何形塑出來的。它可能是無與倫比的教養進程，同時又是難以理解的東西。

在我幼年時，曾看見這樣的情景：幾個喝得酩酊大醉的男子，跑去抬扛神轎，他們神情極其放肆，仰著臉面最後把脖頸枕在轎棍上，激情地狂搖動著神轎；我思忖，他們眼裡所看見的究竟是什麼東西呢？我始終被這謎團似的情景所困惑。我無法想像，在那樣激烈的肉體磨難中所看到的陶醉的幻影，究竟是什麼樣的東西？因此，這個謎團長期盤踞在我的內心。

自從我學習肉體的語言，並親自去扛了神轎，這才有了機會揭開幼時的困惑之謎。後來，我終於明白，原來他們只是在仰望天空而已啊！他們的眼裡沒有任何幻影，只有初秋那絕對蔚藍的天空。不過，這天空可能是我有生之年再也看不到的異樣的晴空，是那種彷彿被它拋上高空，卻又像墜入深淵似的，有著無限澄明和瘋狂融合而一的天空。

我很快地把這體驗寫成小小的隨筆，因為對我來說，它是多麼重要的體驗啊！

何以如此呢？因為那時我是站在絕對的同一性之上，亦即透過自己的詩的直觀[2]而眺望的蔚藍天空，與尋常的青年眼裡所見的蔚藍天空是同樣

2 直觀（Anschauung），在古老的認識感官上說，它是透過視覺或者近似於視覺的靜觀所獲得的對於客觀對象的認識。

的。這個瞬間，正是我引頸企盼的，而這全要歸功於太陽與鐵。說到為什麼沒必要懷疑同一性，因為在同等的肉體性的條件下，它們分擔某種程度的肉體的負荷，而且遭到酩酊大醉的侵犯，在這種狀況之下，他們的個人差異受到許多條件的制約，能力陡然下降，而且如吸食迷幻藥般幻想的內在因素幾乎被排除的話……那麼我所看到的就絕非是個人幻覺，而是明確的集團視覺的一部分。我的詩的直觀，在之後透過語言而被重新喚起和構思才成為特權，而當我的視覺接觸到晃動著的藍天時，這才算是接觸到行為者的情感心靈。

然後，我又像一隻凶猛的巨鳥，在晃動著的蔚藍天空，忽而高飛展翅遨遊，時而低徊之際，看見了長久以來稱為「悲劇性事物」的本質。

根據我對悲劇的定義，所謂悲劇性的激情，絕不會在特異的感性誇示其特權時產生的，因此從事語言工作的作家，可以創作悲劇，但不能參與其中。而且這種特權性的崇高，必須嚴格地基於一種肉體的勇氣。悲劇性事物所具有的悲壯、陶醉、明晰等諸要素，是在具備一定的肉體力量的均質感性，與為自己備妥的特權性的瞬間產生的。在悲劇之中，需要反悲劇的活力和無知，尤其需要某種「失序性」。人有些時候為了要成為類似神的存在，因此平時絕不能是神或接近神靈之物。

於是，當我也可看見只有他們方可看見的那種異樣而神聖的蔚藍天空時，我才相信自己感性的普遍性，我的飢渴才得以療治，我對語言機能近乎病態的盲信，才得以消除。這時，我才參與悲劇，也參與完整的存在。

一旦看過這樣的東西，我那許多未知的事情就得以理解。同時也知道，運用肌肉就能簡單弄清楚被語言所神祕化的東西。這恰似人們了解情慾的意思。我逐漸明白存在與行為的感覺。

這麼說來，我摸索的道路比其他人來得晚，但也不過是走了相同的道路而已。然而，我又有另一種私己的企圖。倘若一種觀念浸潤我的精神，就算它使我的精神為之膨脹，進而占領我的精神，在精神世界裡也不值得有什麼大驚小怪的。不過，對於肉體與精神二元論漸感疲倦的我來說，當然會湧起這樣的疑問：為什麼這樣的事件會在精神內部產生，又何以在精神的外緣整個結束呢？舉例來說，這情形如同精神上的煩悶可能導致胃潰瘍那樣，心身是互為關聯的。而我要思考的，還不止於此。我在想，如果我幼時的肉體，首先以被語言腐蝕的觀念性型態出現，那麼我現在不就可以反用它，讓觀念遍及的地方，從精神到肉體、把整個肉體完全以那觀念的金屬打造成盔甲嗎？

正如我在悲劇的定義中敘述的，那種觀念原本就具有應該歸於肉體的性質。在我的腦海裡，肉體比精神更可能有高度的觀念性，更可能親密地熟悉觀念。為何如此呢？因為對人類的存在而言，所謂觀念就是一個異物。充滿不隨意肌和無法統控的內臟和循環系統的肉體，對精神來說就是異物。進言之，人甚至可以把成為異物的肉體比喻成異物的觀念來敘述。於是，一種觀念巧妙襲來，還給人一開始即感到恰似宿命所賦予的那樣，它更強化與賦予每個人的肉體的相似，連那個不能自我統控的機能也將愈來愈酷似肉體。基督教的道成肉身，正是基於這個思想，有些人的手掌和腳背上還會出現聖痕。

然而，我們的肉體仍受到某種制約，比如我們受到某種激進觀念的侵襲，幻想自己頭上長了一對銳利的角，現實上它是長不出來的，這是不言自明的事情。這種制約最終將歸結於調和與均衡，歸結於更均質的美和其賦予肉體的資格，使它足以看見那晃動的蔚藍天空。與此同時，它又能實現對異常激進的觀念的報復與修正。簡言之，它總是要把我帶回到那個「不容懷疑同一性的地點」。在那裡，我的肉體即為一個觀念的產物，同時也是一種隱蔽自我觀念的最佳的隱身衣。肉體若能達到無個性的完美調和，個性就必定能夠永遠地自關其中。我始終認為，表現精神過度怠惰的便便大腹，以及表現精神過度發達而微露肋骨薄胸的肉體性特徵，是最醜陋不堪的。可當我知道有些人卻主動去愛這種肉體性特徵，無不感到驚愕。因為它使我主觀地感覺到這是一種厚顏無恥的行為，這好比是把精神的恥部（陰部）暴露出來似的。而像這種自戀症，正是我最不能寬容的。

話說那種因飢渴產生的肉體與精神乖離的主題，長期以來，一直在我的作品中縈繞不去。我之所以逐漸遠離這種主題，是因為開始思考「或許肉體本身也有其固有的規律和思考」，開始感到「造型美和無言並非肉體的特質，肉體裡必定也有其特有的饒舌之處」。

不過，我現在這樣敘述這兩種思考的推移，別人必定會認為我是從常識出發，走向非邏輯的混沌。毋寧說，在近代社會裡，肉體與現實的乖離是普遍現象，而對此發發牢騷，本是任何人都能接受的主題，但若說是「肉體的思考」或「肉體的饒舌」，恐怕就很難令人理解了。我自覺到，說不定我就是用這種語言來掩飾自己的混亂。

然而，當我將現實與肉體的拜物教，以及對語言的拜物教正確地作為對照物的同時，我如願地找到自己的發現。我透過讓充滿造型美的無言的肉體，與模仿造型美的優雅的語言對應起來，並將它們作為同等觀念的來源，我便可從語言的束縛中獲得解放。何以如此呢？因為它承認無言的肉體的造型美與語言的造型美出於同源，這意味著一種柏拉圖式的觀念，開始尋求肉體與語言的等同。在這個階段上，語言對肉體的投影的嘗試，就能觸手可及了。

當然，它本身就是一種非柏拉圖式的嘗試。不過，我開始敘述肉體的思考與饒舌之時，若能再次體驗就更好了。

要談它之前，我必須先從我最初與太陽的相遇談起。

這種說法有些怪異，可我的確有過兩次與太陽邂逅的經驗。之前，我曾與某個人物決定性的相遇以後，然後就再也難以分離了。那時候，對方沒注意到我，我也處在無意識的狀態，但卻在某個地方突然與這位重要人物不期而遇。我跟太陽的邂逅也是那樣。

我最初無意識地與太陽相遇，是在一九四五年（日本）戰敗的夏天。

酷烈的太陽照射在戰時和戰後分界線的茂盛的夏草上。（這個分界線只不過是一大片已經半毀倒伏在夏草叢中的鐵絲網而已。）我沐浴在太陽下，卻不知道這樣做，對自己有何意義。

那巨大緊密而均等的夏日陽光，迅然地降臨在萬物之上。即使二戰已經結束，那濃綠的草木依然站在那裡，任憑白晝陽光無情地照射，它們作為明晰的幻影，隨著微風搖曳。我的手指觸摸它們的葉尖，它們依然沒有消失，這使我甚為驚訝。

我覺得這同樣的太陽，與已經流逝的時日和年月，以及所有的腐敗與摧毀是相關聯的。當然，太陽必定是鼓舞士氣似地照耀著：將要出擊的飛機的機翼、如林的刺刀、軍帽上的徽章、軍旗上的刺繡；但它照耀更多的是，從肉體不斷淌流而出的熱血，聚集在傷口上的銀蠅的軀體；它還掌管腐朽敗壞，主宰著熱帶的大海和山野上諸多青春的死亡，最後甚至統治著擴展到那地平線赤銹色的廣大廢墟。

由於太陽離不開死亡的形象，我做夢也沒想到，自己竟然可以承受它對我肉體上的恩賜。當然，戰爭時期的太陽依然繼續保持著光輝和榮譽的形象。

我十五歲的時候，寫下了這樣的詩句：

雖然陽光遍照
人們讚美太陽
我卻在暗黑的坑穴中
逃避太陽　拋出靈魂

由此可見，我是多麼熱愛暗黑的室內，多麼熱愛待在堆滿書本桌旁的「坑穴」啊！我多麼樂於自省和佯裝思索，多麼喜歡聆聽自己神經叢中那微弱的蟲鳴聲啊！

在我少年時代，敵視太陽是我反時代的最大動力。我偏愛諾瓦利斯[3]式的夜晚和葉慈式的愛爾蘭的曙光，因而寫了有關中世紀之夜的作品。然而，戰爭結束以後，我逐漸感到以太陽為敵、迎合時代的時期已經來臨了。

那時我所寫的或已問世的文學作品中，夜間的思考仍占上風，只是相比起來，它們的夜間遠遠沒那麼唯美性而已。我覺得比起輕淡的夜間，時代向濃重的夜間致以更多的敬意。因此，或許我少年時代如浸滿甜蜜般的濃厚之夜，在他們看來只不過是輕淡如煙的夜間罷了。於是，我逐漸對戰時自己相信的夜間失去了自信，因而思索起來，也許我自始至終就是崇拜太陽的支持者？或許真的是這樣呢。倘若這屬實的話，那麼我不禁要懷疑，至今我以太陽為敵，而且繼續支持自己的小小之夜，豈不是太屈從於時代了？

認真對待「夜間思考」的人，向來都是些皮膚粗糙而胃腸衰弱的人。

因為他們試圖以一種充滿思想性之夜去包覆某個時代，進而否定我看到的所有太陽，也否定我所看見的生與死。何以如此呢？因為太陽與這兩者都有關聯。

一九五二年，我第一次到海外旅行，在輪船的甲板上，再次與太陽握手言和。有關這些事情，我已在他處提及，不再贅言。總而言之，這是我與太陽第二次相遇。

從那以後，我就無法與太陽分手了。太陽與我最重要的路標相結合。於是，它慢慢地燒灼我的肌膚，為我打上了它們種族成員的烙印。

然而，從本質上說，思考不屬於夜間嗎？從事語言方面的創造，不就是在夜晚悶熱的黑暗中進行的嗎？至今，我依然維持徹夜寫作的習慣，而我周遭朋友的皮膚卻清楚地呈現熬夜思考的痕跡。

3 諾瓦利斯（Novalis, 1772-1801），德國浪漫主義詩人，抒情詩代表作有《夜頌》、《聖歌》等。

話說回來，人何以要探索深層，探向深淵呢？思考為什麼如測量錘那樣，只著眼於垂直下降呢？它何以不改變方向，朝向表面不停地直線上升呢？

作為維持人類造型存在的皮膚，完全交托給感性，這是最受人們輕視的。我始終無法理解這種法則：思考一旦探向深層，就會掉入無盡的深淵，一旦朝向高層，就會拋開難得維持的肉體型態，飛向無垠的光明天空。但不管是上方或下方，設若思考朝向深淵是它的法則，那麼維持我們的個體與型態，將我們的內心世界和外部區隔開來，在其重要的邊界「表面」，發現了某種深淵，卻沒有被「表面自身的深度」所吸引，這是很不合理的。

我覺得太陽在向我唆使，從以臟器感官的暗夜深處引出我的思考，到呈現光澤皮膚隆起的肌肉，它才肯罷休。它還命令我備妥新的住所，以便使我慢慢浮上表面的思考能安住下來。而這安居的住家，即是被晒黑得發亮的皮膚，以及因敏感而隆起的強有力的肌肉。毋庸置疑，正因為要求這樣的住家，並以這種調度為條件，「形象的思想」和「表面的思想」，才無法被眾多知識人接受而告終。

由病態的內臟製造出來的夜的思想，幾乎是在本人沒意識到的過程中形成的，這到底是思想在先，抑或內臟隱約的病態在先呢？不過，肉體在肉眼看不見的深處緩慢地創造並管理著這種思想。與之相反，要在誰都看得見的表面，創造並管理表面的思想，就必須在思考之前進行肉體鍛鍊。從我被「表面」的深層所吸引的時候開始，我就預見到自己必須鍛鍊肉體了。

我知道，只有肌肉才能確保這種思想，誰還會去在乎病弱的體育學者的理論呢？而縱使是臉色蒼白的讀書人，被允許在書房裡操控夜間的思想，當他在談論肉體的時候，無論是責難或讚嘆，都沒比那嘴唇更貧寒的東西了。我太了解它們了，因此我猛然想起哪天自己也需要一副肌肉豐盈的身軀。

在此，我希望讀者能關注從我的「思考」產生出來的東西。我相信藉由肉體訓練，被視為不隨意肌的東西，即能轉化成隨意肌，思考訓練同樣能帶來這樣的質變。肉體和思考都有一種類似自然法則的不可回避的傾向，它容易落入無意識行動（automatisme），因為我已多次體驗過，只要鑿穿小水路，便能輕易改變水流的方向。

這裡還可舉出我們的肉體與精神共通性的實例。比如說，在某個時點、某個觀念被總結成肉體或精神之時，它們很快就會形成「外表秩序」的完整的小宇宙。它類似一種休止，卻像是旺盛澎湃的內心活動。肉體與精神這種剎那間創造出來的形成作用，與幻想的作用十分相似。然而，我們生命之中眨眼即逝的幸福感，往往建立在這樣的「外表秩序」上。而這種情形如同刺蝟面對外在危險之時，縮身自保的防衛機能吧。

接下來，我要思考的是，如何打破一種「虛有其表的秩序」，創造出另一種「形式的秩序」，反過來運用生命這種頑固的形成作用，使它朝向適合於自己的目的，這並非無可企及的。而我立即要把這種「思想」付諸實行。在這種情況下，我的「想法」，與其說是「思考」，不如說每日的太陽給我嶄新的企圖來得貼切些。

於是，在我面前放置了一塊鐵，那是一塊黑暗沉重而冰冷的，宛如凝縮著夜間之精髓的鐵。

從那天開始，我與鐵有了十年左右的親密交往。

鐵的性質委實很奇妙，它宛如秤子似的，隨著秤砣的逐量遞增，那放置在秤盤上的我的肌肉也跟著增重起來。彷彿鐵有義務與我的肌肉之間保持嚴密的平衡。於是，我肉體的諸性質與鐵有些類似，逐漸地得到加強起來。這種緩慢遞增的過程，與給腦髓難度漸增的知識對象，藉以改造腦部知識結構的「教養」過程極為相似。而且，教養的終極目的就存在於，人們所追尋的外在的、典範的、古典式肉體的理想型態裡，這與古典主義的教養形成非常相似。

然而，事實上究竟誰像誰呢？我不是已經用語言來嘗試模仿肉體的古典型態了嗎？對我而言，美總是後退的，只有過去存在抑或過去應該存在的型態，才是重要的。我的任務在於藉由鐵其富於微妙變化的操作，使肉體中逐漸消失的古典的均衡得到復甦，將肉體推回到應有的姿態。

在近代生活中，所有不必要的肌肉仍是我們男人肉體的主要構成要素，其非實用性是顯而易見的；因此對多數講求實用的人來說，他們即不需要古典式的教養，也不需要隆起發達的肌肉。肌肉逐漸變成了如古希臘語那樣的東西。而要使這種死語復活起來，就需要鐵的教養，要將死的沉默變成旺盛的饒舌，同樣需要鐵的助力。

鐵如實地教導我肉體與精神的對應。也就是說，柔弱的情緒與柔弱的肌肉相對應，感傷與鬆弛的胃、感性與敏感的白皙皮膚都是相對應的。因此隆起的發達肌肉與果敢的鬥志、緊張的胃部與冷靜的知性判斷，以及強韌的皮膚與剛毅的脾性應該是相對應的。為了慎重起見，我有言在先，我可從來不想重複別人的觀點。根據我粗淺的觀察，在發達的肌肉中其內在是脆弱的，這樣的實例不勝枚舉。正如前述，對我來說，語言先於肉體到來，所以諸如果敢、冷靜、剛毅等語言所喚起的諸德性的表象，只能作為肉體的表象呈現出來。因此，它若能成為我自身的教養，並賦予它肉體的特性就更美妙了。

進言之，這種古典式的形塑，潛藏著浪漫的企圖。在我年少時代開始，它早就在我的體內暗流。而這種在浪漫主義底下奔流的衝動，只有作為一種對古典式成果的破壞才有意義，它宛如全樂曲中包含各種主題的序曲，已在我體內準備著，我毫無所得之時，它便描繪出關鍵性的構圖了。換句話說，儘管我深切地對死亡懷抱浪漫的衝動，但是作為容器而言，它嚴格地要求古典式的肉體；從不可思議的命運觀來看，我之所以沒有實現對死亡的浪漫衝動的機會，其實原因很簡單，因為我的肉體條件還不夠完備。我覺得若要完成浪漫主義性的悲壯死法，必須有強壯如雕塑般的肌肉，倘若是柔弱臃腫面對死亡，那麼它必定顯現出滑稽與荒謬的性質。我十八歲的時候，就很憧憬能夠英年早逝，卻又覺得自己不適合於此種死法。那是因為我缺乏與戲劇性之死所需的相稱的強健肌肉。我之所以能夠活到二戰以後，其實就是這種「扞格」深深地傷及了我浪漫情懷的自尊。

話說回來，這些觀念上的糾葛，究竟只是所有毫無所得之人的序曲中的糾葛而已。我終將得到某些東西，而我應該破壞什麼才好呢？這時候，給我線索和啟示的，正是「鐵塊」！

許多人在某種程度上只需完成知性即已滿足，但對我來說，我必須從中發現知性，它絕不作為柔和的教養出現，只作為一種生存手段的武器。所以為了我的教養，我必須鍛鍊肉體才行，而這對只能把肉體作為生存手段的人，他們將面臨青春的完結，開始要拚命習得知性的教養。

而我就是透過「鐵」，學習到有關肌肉的諸多知識。那是最新鮮的知識，絕不是書籍或世故所能給予我的知識。肌肉是一種型態，同時亦是一種力量，肌肉組織的各個部分微妙地分擔著其力量的方向性，宛如用肉造成的光束。

在我的觀念中，沒有比內在力量的型態更符合我對藝術作品的定義了。也就是說，它必須是充滿生機的「有機的」作品。

這樣創造出來的肌肉，它既是存在又是作品，相反地說，它帶有微些的抽象性。不過，它有其宿命性的缺陷，由於它與生命同生共死，它必定會隨著生命的枯萎而衰退，最後以消亡告終。

關於這種奇妙的抽象性，容後再述。對我來說，肌肉具有一種我最渴望的特性：它具有一種與語言完全相反的作用。有關這點，只要思考語言的起源即可明白。語言起初就是作為普遍的感情與意志的交流手段，它如同原始的貨幣，在一個民族之間流通。它還沒被手垢弄髒之前，是人類共有的東西。因此，它只能表現人類的共同情感。不過，隨著人類逐漸將語言私有化、個別化，以及隨性使用之後，語言的藝術化於焉開始了。首先，就是這種語言抓住我的個性，試圖把我閉鎖在其個別性中，像成群的羽蝨[4]攻擊我。然而，儘管我遭受襲擊全身被啃蝕，我仍可以反過來運用它：既是敵人的武器亦是弱點的普遍性，而在使其自己個性的語言普遍化上，我獲致了某些成功。

然而，這種成功是「我與眾不同」的成功。從本質上來說，它違背於語言的起源和顯現禎祥。因為再也沒有比語言藝術的成就更奇特的東西了。乍看下，它朝普遍性發展，其實卻是絕妙地背叛語言所具有的最本源的機能，亦即其普遍的妥協性。在文學中，所謂文體的勝利，就意味著這樣的東西。姑且不論古代的敘事詩這類綜合化的作品，因為只要冠上作者姓名的文學作品，都是一種美麗的「變質的語言」。

大家所看見的，以及抬神轎者們也同樣看到的那個神祕的蔚藍天空，原本就可以用語言表現出來的嗎？

如前所述，這是我最為質疑的問題，我藉由鐵的中介，在肌肉上發現的東西，即是這種一般性的榮耀，就是「我與眾相同」的自豪的萌發。由於鐵的苛酷的壓力，肌肉逐漸地失去其特殊性和個性（終究會在衰退中產生的），肌肉愈是發達，就愈帶有一般性和普遍性的相貌，最後到達同一的雛型，甚至達到無法分辨彼此的酷似。這種普遍性從不悄然侵蝕，也不會背叛。正因為如此，它可說是我最喜愛的特性。

在那裡，肌肉這種東西的獨自的抽象性，是如此輕易所見和觸手可及。與語言相比，本質上缺乏溝通的肌肉，原本就沒有那種作為溝通手段的抽象性。然而……

某個夏日，我走到通風良好的窗戶旁邊，以便冷卻因鍛鍊而發熱的肌

4 羽蝨，寄生在禽類體表的昆蟲。

肉。我的汗珠立即消退，一股薄荷的涼意從我肌膚上掠過。在這瞬間，肌肉的存在感從我體內頓時消失，這宛如語言因其抽象作用把具體的世界碾碎了。正如我彷彿感到語言不存在似的那樣；現在，我似乎覺得我的肌肉確實把某個世界已然碾碎，在那之後肌肉似乎也不存在了。

這時候，肌肉碾碎的是什麼東西呢？

肌肉將我們通常任意相信的存在感給碾個粉碎，並且把它整個變成了一個透明的力量。這就是我稱為抽象性的東西。如同鐵的使用早就頑強地暗示過那樣，肌肉與鐵的關係是相對的，極似我們和世界的關係。換句話說，力量若沒有能著力的對象，就不可能是力量。這種存在感是我們與世界的基本關係。在這個限度中，我們依存於世界，我卻依存於鐵塊。於是，與鐵相似的那樣，我的肌肉逐漸增加起來，我們慢慢地被世界所改造，而鐵和世界並沒有感到自身的存在，我們卻不知不覺間陷入愚蠢的類推法的錯覺，認為鐵和世界也具有存在感似的。不這樣的話，我們就無法證實我們自身存在的根據。肩上扛著地球的阿特拉斯[5]，或許會逐漸認為地球與自己是同類吧。因為我們的存在感在於追求對象，只能待在虛假的相對的世界裡。

誠然，當我舉起某種量度的鐵之時，我就能夠相信自己的力量。我淌下汗珠、喘息，為尋找力量的確證而奮鬥。此刻，力量化為我身之物，同時它又屬於鐵。我的存在感獲得了滿足。

不過，肌肉一旦離開鐵，你便會陷入絕對的孤獨，那隆隆而起的型態，只不過像是如鐵齒輪咬合般的虛相罷了。涼風一過，汗水蒸發……與此同時，肌肉的存在亦消失了。……然而，肌肉這時將發揮它最本質的功能，它用看不見的堅硬齒輪，將人們所相信的、模糊不清的相對存在的感覺世界予以碾碎，然後變成了一種不需任何對象的透明力量的純粹感覺。

5 阿特拉斯（Atlas），希臘神話裡的擎天神，是泰坦神之一。他遭宙斯降罪，罰其用雙肩支撐蒼天。

在那裡，肌肉早已不存在，而我彷彿置身在透明光亮似的活力之中。因為這種力量的純粹感覺，是我透過書寫或者知性的分析所無法掌握得到的，所以我當然能夠在那裡發現了語言的真正相反物。

確切地說，它逐漸成為我的思想核心了。

我認為，思想的形成是從對不明確的主題做不同敘述開始的。這如同釣魚高手試用各種釣竿，劍術家嘗試揮使各種竹刀，最後找到適合自己所用的尺寸和重量的刀劍那樣；換言之，思想形成的時候，需要嘗試把某種尚未定型的觀念，轉換成各種不同的型態，最終找到適合自己的尺寸與重量之時，這才算掌握到思想，思想才能成為自己所用。

當我體會到力量的純粹感覺之時，我有一種預感，它可能內化為我的核心思想，為此我有難以言喻的喜悅，在沒把它作為一種思想掌握之前，我很想盡情地與它玩耍一番。這種所謂玩耍，就是阻礙時間的遷延與凝固，而且不斷地朝形成的方向做各種嘗試，透過更多的嘗試，重新回到那種純粹的感覺，然後把它確認下來。這如同狗兒獲得一塊骨頭的心理，牠受到骨頭釋放出美味氣息的誘惑，卻又希望誘惑的時間愈長愈好，以便與骨頭盡情地玩耍。

其次，對我來說，諸如拳擊和劍術等等，這點容後再敘。換個比擬，力量的純粹感覺，必然像揮拳的瞬間或竹刀的劈擊。因為揮拳的前方和竹刀劈擊的對象，正是由肌肉釋放出來的不可見之光的最佳確證。它可以說是一種對肉體的感覺器官所及的、一紙之隔的「終極感覺」的探究性的嘗試。

在那裡，的確有「某種物體」隱藏在虛空的空間裡。就算你擁有力量的純粹感覺，也走不到它跟前近處。誠然，藝術可以用多種方式來「表現」它。問題是，在表現上需要媒介，我則認為這種媒介語言的抽象作用妨礙性極大，因為「表現」這種行為本身即充滿不確定性，人們要從這裡開始探究，是不可能獲致滿足的。

對語言的詛咒，必然會使人想到對表現行為本身的不確定性。為什麼我們在運用語言之時，總希望能夠成功地表現出那「無法形容的東西」來呢？那是文體上語言的精妙排列，極度喚起讀者想像力時產生的現象，但這時候讀者或作者，都是想像力的共犯。而且這樣的共謀做法，就是要讓作品這種「物」裡的不存在之「物」獲得存在，人們因而滿足地稱它為「創造」。

在現實生活中，語言原本是作為按照理性法則廓清具象世界的渾沌，並帶有抽象化作用的武器登場的。然而，反過來利用其抽象作用，只運用語言讓具象的物的世界呈現出來，與逆流的電流很相似，這就是表現的本質。正如前述，所有的文學作品，都是一個美麗的「變質的語言」，亦是與此情況相對應的。所謂的「表現」，即是回避事物，創作事物。

「想像力」這個詞語，不知容認了多少懶惰者，它何等美化了這種不顧肉體、讓靈魂無限地接近真實便愈加逃逸的不健全的傾向。我們之所以能夠對他者的肉體疼痛感同身受，全要歸功於想像力的感傷性關懷，人們是多麼想回避自身肉體的痛苦。此外，想像力是如何同等地把精神苦惱這種難以測定價值高低的東西加以崇高化的呢？而諸如這樣的想像力的越權，與藝術家的表現行為結成共犯關係之時，便形成了作品這種「物」的虛構，這多數的「物」介於其間，就反過來扭曲並修正「現實」。其結果是人們只能像接觸影子那樣，未必會敢於接近自身肉體的痛苦。

歸納地說，隱藏在揮拳的瞬間、竹刀劈砍的對象裡的東西，與語言表現恰巧截然相反，它正是具體事物本質的實在的精髓。在任何意義上，它都不是影子。揮拳的對象和竹刀之尖所刺的對象，都絕對地拒絕抽象化（更全面拒絕抽象化的具體表現），這顯著的「實在」，就會抬起頭來。

而那裡正是隱藏著行動的精髓和力量的精髓，因為我們把這種「實在」簡單地視為「敵人」。

敵人與我都是同個世界的居民，我觀看之時，也被敵人所觀看，敵人觀看之時，也被我所觀看，況且這種對峙不依靠任何想像力的媒介，彼此都同屬於行動與力量的世界，亦即「被觀看的」世界裡。在任何意義上，敵人都不是觀念性的。因為為了抵達觀念的範疇，我們必須逐步地爬升語言表現的階梯，而且只是凝視觀念，很可能因此看不見光明，觀念也不會回頭觀看我們。我們所觀看的每個瞬間，與此同時，被觀看的世界也沒有賦予自身表現的閒暇。表現者必須處在那個世界之外。這樣一來，那個世界全體就無法回顧表現者，而表現者才可能被賦予觀看、並且可以運用語言悠閒地加以表現。然而，他絕對無法抵達「回顧實在」的本質。

換言之，隱藏在虛空裡的揮拳瞬間、竹刀劈擊的對象，那個回頭觀看我這方的敵人，才是「物」的本質。觀念絕不回頭觀望物體。照理說，語言表現的一方，透過獲得的虛構之物（作品），可以看到觀念在搖曳；行動的一方，透過獲得的虛構空間（敵人），可以看到物在搖曳。對行動者而言，那個所謂的「物」即是不透過想像力的媒介被迫接受死亡逼近的姿態，如同鬥牛士面前的黑色母牛。

縱使如此，如果它不是在意識的極限裡出現，我就不容易相信它，我模糊地感到作為意識的肉體性保障，只有受苦而已。在痛苦之中的確有其光輝，它與隱藏在力量中的光輝具有很深的親緣關係。

任何人都經歷過，所有行動的技術若沒有透過反覆修練染透到無意識的世界，就不會發揮什麼效力。然而，我的興趣與它有些不同。換言之，我一方面把自己的意識純粹實驗投注在肉體＝力量＝行動這個直線上。另一方面，又藉由染透無意識的反射作用，把自己的肉體的純粹實驗的熱情賭注，放在肉體發揮最高難度伎倆的瞬間上，這兩種相反的賭注的接點，亦即只有意識的絕對值和肉體的絕對值的接點，對我才有真正的魅力。

原本，我並不希望藉由迷幻藥或酒精使精神為之混亂。我的興趣只在於意識明晰的情況下，探索到它最後會在哪個無從知曉的終點上轉化成無意識的力量。如此，還有比堅持「意識」到底的舉證者更痛苦的嗎？的確，意識與肉體的痛苦之間互有關聯，但是忍苦至終的舉證者未必察覺到這個意識吧。

所謂的痛苦，往往是肉體意識的唯一保證，也可能是意識唯一的肉體式表現。隨著我的肉體漸壯、更具活力，在我體內也逐漸萌生出積極的受苦傾向，而且愈來愈關注肉體性的痛苦。然而，切勿把它當作是想像力的作用，因為這是我用肉體直接從太陽和鐵那裡學來的。

許多人都曾經驗過，無論是戴上拳擊手套或者手持竹刀，出手攻擊的瞬間，與其說是直接攻擊敵方的肉體，不如說愈準確地擊中對方，自己就愈感到如遭到還擊似的。你使出力量出手攻擊對方，即會出現一個空凹，這時敵人的肉體，便準確地填補了那個空凹，準確地接受這同樣的空凹型態之時，你的攻擊就成功了。

在肌肉的創造過程中，力量製造出型態，型態又製造出力量，其過程很緩慢，在搏鬥之中，它們以目不暇給的速度反覆進行著。如光放射出的力量，摧毀型態，又不斷地製造出新型態。我看見了正確美麗的型態打敗了醜陋不堪的型態。在型態的扭曲中，必然會產生空隙，從那裡放射出的力量的光線是混亂的。

敵方落敗之時，是其自己的型態順應我指定的空間的空凹所致，但那時我必須正確地維持自己的型態之美。其型態自身必須隱藏著極度的可變性，必須柔軟無比，幾乎如流動體在剎那間描繪出的雕刻。這就像持續流動的水保持噴泉的樣態那樣，持續的光線必須描繪出一個形象來。

因此，歷經漫長時間所做的太陽與鐵的修煉，即是創造這流動性的雕刻的作業，而修煉成的肉體一旦嚴格地屬於生命，那就必須保持每個瞬間的光輝，承擔起所有的價值。因此，以不朽的大理石雕刻出的人體，正是對肉體精華的紀念。

於是，死亡才在前方，一個剎那接著另個剎那地來往奔馳。

我確實愈來愈能感受和理解英雄主義的內在精神。將所有的英雄主義視為滑稽之物的犬儒主義，本身必定有其肉體性的自卑情結。對英雄的嘲笑，必定出自男人的嘴巴，因為他認為自己沒有英雄般健碩的肉體。在這種情況下，只操縱著普遍空有架勢的理論的語言表現，不表現筆者的肉體性特徵（至少一般社會上認為沒有表現），這是多麼不誠實啊！之前，我從未聽過具有英雄般軀體的男人發出對英雄主義的嘲笑。犬儒主義必然與瘦骨嶙峋與過度肥胖有關，而英雄主義與強大的虛無主義又與鍛鍊過的肌肉有所關聯。何以如此呢？因為所謂英雄主義，畢竟是肉體的原理，同時又歸於肉體的強壯和死亡的破壞互為對照的。

自我意識要粉碎所發現的荒謬，只需肉體本身的說服力既已足夠。雖說健美的肉體裡有其悲壯的成分，卻完全沒有荒謬之物。話說回來，最終從荒謬中拯救肉體的，正是存在於健全強壯肉體中的死亡的要素，肉體的品格必須依靠它來支撐。倘若鬥牛士的職業與死亡沒有關係的話，那麼他身上華麗而優雅的衣裳會是多麼滑稽啊！

然而，當運用肉體追求究極感覺之時，其勝利的瞬間，在感覺上往往只是微乎其微。所謂「敵人」，所謂「回顧實在」，最終只有死亡。設若任何人都無法克服死亡，那麼所謂勝利的榮耀，就只不過是純現世的榮光的極致罷了。如果是這樣的現世的榮光，那麼我們藉由語言藝術的力量或多或少還是能夠得到些許類似的東西。

提及優秀的雕塑，比如德爾菲的駕車人[6]，即是永垂不朽的作品，它如實地表現出勝利者剎時的榮耀、自豪和羞赧，但就在這雕像的前方，死亡的姿影卻已逼近而來。此外，它同時亦象徵性地反映著雕塑藝術的空間局限性，暗示著人生最高成就的前方只有衰落，雕塑家頂多只能試圖捕捉到生命的剎那而已。

6 德爾菲的駕車人（Charioteer of Delphi），約創作於西元前四七〇年，為高約一八十公分的青銅像，現收藏於希臘德爾菲考古博物館。

如果肉體的嚴肅性與品格，只有包含死亡的要素，那麼要到達該處的通道，理應是痛苦和受苦的背後，作為生命確證的持續意識之中悄然相通的。設若所謂暴烈之死和結實精壯的肌肉，恰巧結合成「事件」的話，那麼我們只能視為這是基於宿命性的美學要求發生的。但是眾所周知，宿命向來很少聽從美學的要求。

我少年時代並非不知道各種肉體的痛苦，但那是因為少年混亂的思緒和過度的感性，以及精神上的痛苦摻和其中的緣故。對一個中學生來說，扛著三八式槍枝，從強羅到仙石原，再越過乙女嶺來到富士山山麓下的原野，這樣的行軍必然是艱辛備至。然而，我在這受苦之中，只顧發現被動者的精神煎熬而已。我身上始終缺少主動求苦與承苦為己任的肉體性的勇氣。

作為證明勇氣的受苦，屬於遠古成年儀式的主題，但所有的成年儀式又是死亡與復活的禮儀。而人們似乎早已忘卻，勇氣，尤其是在肉體性的勇氣之中，意識與肉體存在著深刻的對抗。乍看下，意識看似是被動的，行動的肉體則似「果敢」的本質，但肉體性勇氣的表現裡，它的作用其實是相反的。肉體只顧退回自我防衛的機能，只有明晰的意識掌管或決定肉體的騰飛或自我放棄。

在我看來，承受痛苦，經常是肉體性勇氣的任務。換句話說，所謂肉體性勇氣，就是理解並試圖體會嗜慾死亡的源頭，這才是認識死亡的首要條件。書齋裡的哲學家無論怎麼反覆思考死亡的問題，若沒有以認識死亡為前提與肉體性勇氣結合的話，那麼他最終仍不可能掌握到關於死亡的本質。我要在此聲明，我是在探討「肉體性」勇氣的問題，這與所謂知識分子的良心與勇氣毫不相關。

儘管如此，我生活在竹刀已經不再直接象徵劍的時代裡，而端坐著迅速拔出的真劍，頂多只是劈斬虛空而已。在劍道裡凝聚著所有男子漢的壯美，但是這種男子漢在社會上已屬無用之物。這與只依據想像力的藝術沒有多大差別。我憎恨這種想像力。對我而言，所謂劍道絕不容許任何想像力的介入。

我覺得，沒有比夢想家更憎恨在夢想的過程中形成的想像力的了，那些深知此點的諷刺家們可能會對我的自白暗自竊笑。

然而，我相信自己的夢想終將會成為自身的肌肉。在那裡生成、在那裡存在的肌肉，任憑別人發揮無限的想像都會容許的，但卻已經不容許我自身的想像力從旁干涉，以致讓我迅速了解到我所看到的人類社會。

如果成為別人想像力的誘餌，而自己不擁有所有想像力即為肌肉的本質，那麼我就想進而從劍道中尋求：自己和別人都不留有想像餘地的純粹行為。有時我覺得這種願望必能實現，有時卻又認為會落空。總而言之，它就是搏鬥、疾馳、吶喊的力量。

我在想，沉重、昏暗、總是均質而安靜的肌肉群，到底是如何了解行為上狂熱的瞬間的呢？我熱愛處在任何精神性緊張的高潮中，宛如潺潺溪流般的意識上的清冽。我已經不能認為狂熱的赤銅，總是受到意識的銀所支持，這唯獨是我知性的特性。而正因為它狂熱，它才是促使狂熱的真正理由。因為我開始相信擁有安靜特質的、巧妙沉默的、強有力的肌肉，才是我明晰的意識的根源。這種偶爾擊不中防護具的打擊，給肌肉帶來疼痛，這種疼痛會立即壓制住痛苦，進而產生一種堅韌的意識，急促呼吸的痛苦會轉而產生克服狂熱的力道……於是，我就這樣窺視到與長久以來給我恩惠的那個太陽不相同的另一個太陽，它充滿陰暗的火焰，它激情卻絕不烤傷人的肌膚，它是擁有更異樣光輝的死亡的太陽。

對於知性而言，在本質上，第二個太陽比第一個太陽更加危險，但是這種危險，比任何東西都更能使我感到昂奮。

……那麼，我在那期間又是如何與語言打交道的呢？

我已經使自己的文體和我的肌肉調和起來，因此文體變得柔和、自在，類似剝去多餘的裝飾。也就是說，在現代文明中，縱使肌肉式的裝飾是無用之物，但為了威信和美貌，依然有必要維持其精緻的裝飾性。我不喜歡只有功能性的文體，如同不喜歡輕描淡寫的文體一樣。

不過，那是一個孤島。我的肉體等同於孤立，我的文體也處於孤絕的邊界。我的文體不是接受性的，而是偏向拒絕性的。我格外注重格式（儘管我自己的文體未必如此），我喜歡自己的文體像冬日裡武士宅第門前的台階似的整然。

毋庸置疑，這樣的文體逐漸地背離了時代的時尚。我的文體充滿對句，有著老派作風的威嚴感，並且也不乏品格，不論走到哪裡，我都要保持典禮式的莊重步伐，就連經過別人的寢室也要以同樣的步伐走過去。我的文體如同軍人那樣，始終抬頭挺胸。因此，我瞧不起別人那種駝背歪身或彎著膝蓋、更甚者或搖晃著腰肢似的文體。

我並不是不知道，在這個世界上，有些事情必須放低姿態才能看見真實的面向。儘管如此，那就由別人去嘗試吧。

在我的體內中，開始有一種企圖：那就是要悄悄地使藝術與生活、文體與行動邏輯統一起來。設若文體與肌肉或行動規範相似的話，那麼其機能顯然要對想像力的恣肆予以抑制了。其結果，被拋棄的真實就不值得一提了。另外，我並不介意文體巧妙地甩開渾沌和曖昧的恐怖與顫慄。我決定從真實之中，只採用一定的真實，我無意要網羅萬象的真實。我關心的是，敢於拋棄軟弱的醜陋的真實，對於想像力的沉溺給人以病態的影響，應該運用精神上的外交辭令與它交涉。當然，輕視它的影響或等閒視之，顯然都很危險。因為肉眼看不見的想像力的病態性伏兵，說不定什麼時候就會從緊密排列的文體城牆外側卑鄙地前來夜襲呢。我夜以繼日地站在城牆上戍守著。在無垠而廣袤的夜間曠野上，竟燃燒著一點像信號似的紅色火焰。我以為它是篝火。果然，過沒多久，那篝火就熄滅了。我擁有文體作為捍衛的武器，用它來對抗想像力與幕後操縱者。不論在陸地上或在海洋上，倘若是在海洋上，那我就會要求自己的文體像海員那樣通宵緊張地戍守著。我最討厭失敗了。天底下有這等慘敗的情形嗎？亦即自己被侵蝕、被感性的胃液從內部燃燒，最後終於喪失輪廓，整個融化成液體，甚至連自己所處的時代與社會也全陪葬下去，自己的文體還必須適應它？

說來諷刺，傑出的藝術作品偏偏就是從那樣的失敗與精神死亡之中造就出來的。退一步說，就算承認這種傑作是藝術的勝利，但它仍是沒有戰鬥的勝利，是藝術獨特的不戰而勝。而不論是勝利或失敗，我所尋求的是戰鬥本身，在我心中是沒有不經戰鬥而敗北的，更何況是不經戰鬥而勝利呢。另一方面，我也知道，一切戰鬥本身都擁有藝術的虛偽性質。倘若我必定要為之戰鬥，那麼我就需要在藝術上構築防衛的堡壘，必須在藝術上出擊。自己就必須在藝術上是個稱職的衛兵，在藝術外是個傑出的戰士。我的生活目標就是努力成為一名不折不扣的戰士。

過去我曾經說過，在二戰後所有價值顛倒的時代裡，應該恢復「文武兩道」這種古老的德性。但是此後不久，我便對此德性不太關注了。後來，我逐漸從太陽與鐵那裡領會到（不僅要用語言描摹肉體）要用肉體去描摹語言的祕法。在我的體內，兩極性必須保持平衡，如同直流電讓位給交流電那樣。我的內在機制就是從直流發電機變成交流發電機。雖說我把絕不相容的東西、朝相反方向交互流動的東西藏在體內，表面上似要使自己分裂，其實它每個瞬間都在思考和創造那不斷被破壞卻又重新復活的平衡。我總是在自我內部準備著面對這種矛盾性的自我包容，面對相對抗的矛盾與衝突，這正是我的「文武兩道」。

我向來就很關心文學的相反原理。對我來說，這種關心已有所結果了。對死亡的狂熱希求，絕對與厭世或虛無毫無關聯，反之，它與旺盛的力量和生命頂峰的光輝，以及戰鬥的意志連結起來。倘若在這裡存在「武」的原理，那麼再也沒有比這更違反文學的原理了。所謂「文」的原理，就是抑制死亡、興築虛妄，生命總是被保留、被庫存起來，它與死亡做適度的混合，被施以防腐劑，製作成令人生畏的永生的藝術作品。確切地說，所謂「武」，就是花與凋落，所謂「文」，就是培育不朽之花。而所謂不朽之花，也就是假花。

所謂「文武兩道」，就是凋落的花和不落之花兼而有之，這是人性最相反的兩種欲求，同時它又要體現出這兩種夢想的結合。這樣會發生什麼事呢？如果一方是實體，那麼另一方就必須是虛妄，所謂通曉這兩種東西的本質，知悉它的源泉，給予其祕密，就等同於一方悄悄地破壞另一方的最終夢想。也就是說，當「武」把自己作為實體，把「文」看做是虛妄之時，它將自我實體的最終證明委託於虛妄之手，將夢想寄託在利用虛妄之上，這樣，敘事詩就告完成了。另一方面，當「文」把自己作為實體，把「武」看作虛妄之時，它就會在自己最終的虛構世界的頂峰，再次夢見那個虛妄，自己必須察覺到：自己之死已經不被虛妄所支持，在自己創造的實體之後，作為實體的死亡就已然降臨了。這就是造訪已死之人的可怕死亡。不過，他最終可以夢見不是這種死亡的死亡型態，它是存在於作為那虛妄的「武」的世界裡。

所謂摧毀這個最終夢想，就是逐漸知道這樣的祕密：「武」所夢見的虛妄之花，終究只是一朵假花而已。「文」所夢見的被虛妄支撐的死亡，也不是什麼恩寵的死。也就是說，在「文武兩道」裡，所有夢想的救濟都斷絕了，它們本來就已看出彼此的真面目，卻絕不互相道破這個祕密。它們必須擁抱死亡原理及生命原理的最終破綻而從容自若。

人能憑著這樣的理念而活嗎？所幸的是，絕對型態的「文武兩道」極其稀罕，因為這種理念即使得到充分的實現，也只是剎那間就結束。何以如此呢？因為這種互相侵犯的最終祕密，縱令以不安的型態，不斷地被意識到或被預感到，直到死亡仍沒機會得到證明的。可我又想，身兼「文武兩道」的人，在死亡的瞬間，正是其「文武兩道」那無救濟的理想試圖實現的剎那，這種理想會受到來自哪方面的背叛呢？因為將他束縛在這種理想而冷酷的認知中，就是生命本身的力量，因此，當死亡來到眼前之時，他就會背叛這種認知。不然，他就無法忍受死亡。

然而，我們在活著的時候，可以跟任何「認知」戲耍。它可以證明運動之中每時每刻的死亡，以及此後湧升出的爽快感。正因為不斷地從瀕臨破滅中所得到的均衡，才是認知上的勝利。

我的認知總是在打呵欠，因為它只對格外困難的和幾乎不可能解決的命題才感興趣。毋寧說，唯有危及認知本身的那種危險遊戲才能吸引認知，這如同遊戲過後涼爽地淋浴一樣。

之前，我探詢過一個胸圍一百多公分的男人，他是如何看待外界對他的看法，以此作為我對認知的標的。對於認知來說，這顯然是個棘手的課題。因為認知本來就是把諸多的感覺和直觀當作線索，撥開黑暗進入其中的。不過，在這種情況下，那些線索全部被奪走，認知的主體在我這邊，總結性的存在感覺的主體必須讓渡給對方。

試想一下，所謂胸圍一百多公分寬的男子，其存在本身就必須是世界總結性的東西，對於作為認知對象的這個男子而言，他有必要把自己以外的所有一切（也包括我），變形為他的感覺性外在的客體，在這種條件下，如果不進一步使之總結性的認知倒流，那他就不可能把握其正確的形象。也就是說，這跟試圖理解外國人是什麼樣的感覺極為相似。這時候，我們只能援用諸如人類的、普遍人性的、甚至是總結性的抽象概念，以假設的尺度去衡量。然而，它終究不是嚴密的認知，只不過是把最終不可知的要素原封不動地擱置下來，然後從其他共同的要素加以類推而已。這種做法使問題落空，「真正想知道的事」被保留了下來。不然，想像力就會搶鋒頭地出現，用各種詩和幻想來裝飾對手吧。

——然而，突然間，所有的幻想都消失了。無聊的認知只追求不可解的東西，後來，倏然間，這個不可解垮塌了……原來那個胸圍一百多公分寬的男子是我自己啊！

過去以為是在彼岸的人，如今已和我在同一岸上。已經沒有謎團，謎團只存在於死亡裡。而沒有謎團的狀態絕不是認知上的勝利，因此我的認知的自豪感因而受傷嚴重，鬧彆扭的認知又再次開始打呵欠，再次開始賣身給曾經是那樣憎恨過的想像力。於是，永遠屬於想像力的唯一之物，就是死亡。

可是，這有什麼不同呢？如果說，前來夜襲的病態的想像力帶來官能性的、放肆的感覺沉溺，而那種想像力的淵源一切都在於死亡的話，那麼光榮之死與這種死有何不同呢？浪漫之死與頹廢之死有什麼不同呢？文武兩道那苛刻的不予救濟，可能會告訴你這些畢竟是同樣的東西；並且會告訴你那只不過是文學上的和行動上的邏輯，它們都是為了抵抗死亡與忘卻這種變幻無常所做的努力。

若說有不同的話，那應當歸結於有無把死亡當作「能看見的東西」這種名譽觀念，以及有無基於這種觀念的死亡形式上的美好形象了。也就是說，有無走向死亡狀況的悲劇性和走向死亡的肉體之美。人自出生以來就得面對：天生的不平等、非常幸運和坎坷之差別，並且在「絕美而死」這個問題上不平等地被注定為幸運與不幸。只是由於現代人在生死方面幾乎沒有像古希臘人那樣希望壯美地活著和壯美而死這種冀求，因此這種不平等沒有得到關注。

男人為什麼只有透過壯烈之死方能與美產生關聯呢？在日常生活中，男人深深受到絕不許與美發生關係的社會的嚴厲監視，如果你只憑男性的肉體之美，就會被看成是無媒介的客體化而遭到蔑視，一直以來，男演員這種職業絕不會獲得真正的尊敬。男性被課以美的嚴密法則，即男子平常是絕對不容忍自己客體化的，只有藉由最高的行動才能客體化，那大概就是死亡的瞬間，儘管實際上無法看見，也允許虛構「能看見」，只有這一剎那才被允許作為客體之美的存在。神風特攻隊之美就是這種美，它不僅是精神之美，亦是一般男性認為的超性愛之美。而且，這時候把它作為媒體表現出來的，即是常人不敢企及的壯烈的英雄式行動。因此在那裡，若沒有媒體介入，客體化就不能成立。這樣，對於傳播美的最高行動的剎那，語言再怎麼接近它，它也只能停留在近似值上，宛如飛行物永遠追不上光速那樣。

不，現在我想說的，不是關於美。關於美的探討，必須浸透地來談論這個問題，而我並不希望採取這種形式來談論它，我想把各種觀念更像堅固的象牙骰子那樣排列起來，限定它們各自的作用。

且說，我發現了想像力的淵源在於死亡。儘管我日夜擔心被想像力侵犯而必須加固防備，但是我仍反過來利用少年時代以來不斷折磨我的想像力，並使它轉化，試用它作為反攻的武器，這是很自然的反應吧。然而，在藝術上，我的文體早已到處築起堡壘來阻止那想像力的侵犯，因此我要那樣反擊的話，就必須在藝術外的領域裡進行。這就是我之所以開始對「武」的觀念感到親近的緣故。

在少年時代，我經常憑依窗際不斷期待著從遠方傳來成堆的奇災異禍。我雖然知道憑己之力無法改變世界，卻不能不盼望世界自己發生改變。不安的少年迫切渴望世界改變面貌，它如每天所需的食糧，沒有它就無法生存下去。對於少年的我來說，世界變化的觀念，就如同睡眠和每日三餐的必需品，我就是以這種觀念為母胎，培育出想像力的。

後來，世界似乎改變了，又像沒有改變。話說回來，即使世界改變成像我所盼望的那樣，也會在改變之後立即喪失它豐潤芳醇的魅力。在我夢想盡頭的東西，總是極端危險並以悲慘告終。我從未夢見過幸福的降臨。而最適合我的日常生活的，就是每天所處世界的破滅，我感到最難生存又非日常性的，正是淡定（apathy）！

然而，我卻缺乏對付這種環境的肉體條件。我明顯地露出一種不知如何與此抵抗的感性，只是期待著奇災異禍的到來。當它到來之際，我不想與它戰鬥，只想把它接受下來。

許久以後，我發現這個最頹廢的少年的心理生活，倘使他能夠幸運地得到力量和戰鬥意志的話，那麼他就會過著武士般的生活。這是一種奇妙而令人目眩的發現。那時候，我就能夠有機會反過來運用這種想像力，並掌握在自己的手中。

死亡是日常性的，同時又是不言自明般的生活。對我而言，設若這種生活是唯一的「自然世界」，而且這種「自然」藉由人工構築最終是不能獲得的，但透過極其非獨創性的義務觀念，反而輕易地獲得，那麼自然而然，我就會逐漸被這種誘惑所吸引，甚至企圖把自己的想像力改變成「義務」。恐怕沒有比對死亡、危機和世界崩毀的日常性想像力轉化為「義務」的瞬間，更令人目眩的了。為此我必須培養肉體、力量、戰鬥意志和鬥爭技巧，只要用過去培養想像力的同樣手法去培養就已足夠。因為想像力與刀劍都是培養和親近死亡所需的技巧。而且，這兩種東西都是愈尖銳就愈能把自己引向毀滅的方向。

磨練自己對於死亡與危機的想像力和磨劍具有同樣意義。回想起來，這種任務很早以前就從遠方呼喚著我，但也許是因為我無能和膽怯故意避開了。我每天都將死亡放在心上，面對可能的死亡，收斂著每個剎那，把對最壞事態的想像力放在與面對榮光的想像力同樣的位置上……如此，我把長久以來在精神世界裡內化的思想轉移到肉體的世界就足夠了。

正如前述，為了接受這種粗暴的轉化，即使在肉體的世界裡，我同樣努力不懈地做出隨時都能夠接受的態勢。於是，我內心產生了一種「一切都可能被回收」的理論。因為它揭示出自己與時間共同成長，又每時每刻都在衰退，那被封閉在「時間」裡的囚犯——肉體也可能被回收。因此，我有此連「時間」本身也可能被回收的想法，並不足為怪吧。

對我而言，「時間可能被回收」，意味著過去無法完成的絕美之死將立即成為可能。而且，我在這十年間，學習了活力、受苦、戰鬥、克己，甚至學會帶著喜悅來接受這一切的勇氣。

我開始夢想成為一名堅強的戰士。

……談論無須任何言語的幸福，都是相當危險的事情。

然而，由上所述，應當可以理解想要喚來我所謂的幸福，必須符合多項極其麻煩的條件，以及完成極其複雜的程序。

在那之後，我度過了一個半月短暫的軍旅生涯，這段經歷帶給我種種幸福的吉光片羽，在我看來似乎最無意義、最非軍隊性的瞬間，我嘗到一種永誌難忘的完整幸福感。我非得要把這種幸福感寫出來不可。儘管身在軍隊這個團體裡，但這種至高無上的幸福感，總是趁我形單影隻的時候朝我襲來，我的人生經常出現這樣的時刻。

記得那是在五月二十五日，初夏的一個美麗傍晚。我隸屬於傘兵部隊。那天，訓練結束以後，我獨自去洗澡，在返回宿舍的途中看到了這一幕景象。

天邊暮色透著黝藍和桃紅，遍地草坪宛如翡翠般閃耀。我走在小路上，舊騎兵學校古老而雄偉的木造建築沿途零星可見，令我勾起無盡的鄉愁。當年，搭有穹頂的馬場變成了現在的體育場；那時的馬廄，如今已是軍隊的福利社了。

我身上穿的仍是運動服，是今天剛發下來的白色純棉運動長褲、運動鞋，以及運動背心。即使運動長褲的褲腳被已乾涸的泥土沾汙了，也能帶給我充盈的幸福感。

今天早上，我做了降落傘操縱訓練，但我在洗完澡以後，依然感到手臂隱隱發疼，從距離地面十一公尺高的跳塔訓練跳傘，更是我有生以來初次體驗到，縱身躍入空中時那種極其稀冷的感覺，如同那種易破而透明的薄紙一樣，此刻仍然殘留在我的體內。還有，接下來的基礎體能訓練和快跑訓練時急促的深呼吸，也化為一股舒適的慵懶，傳遍了整個身子。槍和各種武器就在身邊。我的肩膀已做好隨時當槍架的準備。今天，我在草地上盡情地奔跑，身體晒成古銅色。更在夏日的豔陽下，望著十一公尺下方的地上人群的鮮明影子，緊緊地連在他們的腳邊。我預料下一個瞬間，我的影子將會落到下面，卻沒和我的身體相連，而像地上一個孤伶伶的黑水窪，便從銀色的塔頂向空中縱去。顯然在那一刻，我從我的影子，以及我的自我意識之中，得到了解放。

我盡可能讓肉體和行動占滿一整天。有驚悚，有活力，有汗水，有肌肉，夏草的芬芳盈鼻，小徑上的塵土隨著微風揚起，日頭逐漸西斜，我穿著長運動褲和運動鞋，十分悠然自得地信步而行。這正是我企盼的生活。我盡情地浸淫在夏日向晚時分的體育之美中，穿梭在古老的校舍和樹叢之間，曾經是孤獨而粗野的體操教師享受的時光，此刻卻完全是屬於我的。

這一刻，彷彿有一種精神的絕對閒暇，一種肉體至上的清福。夏天、白雲和課業結束後辦完某些事情指望的虛茫的天空，以及從樹隙間灑落的陽光透出憂愁的顏色，這一切所帶來的幸福，使我陶醉了。我確實存在著！

這種存在的手續是多麼的複雜呀！那許多的崇拜觀念，無需經由任何話語，就能直接與我的肉體和感覺結合其中。那裡什麼都不缺，軍隊、體育、夏天、雲霧、夕陽、夏草的青翠、潔白的體操服、塵土、汗水、肌肉，甚至連非常微量的死亡氣息，一應俱全。這拼圖沒缺任何一塊木片。我根本不需要別人，因而也無需言語。這個世界是由天使般觀念的純粹要素組合而成的，雜質暫時被摒除到其他地方，就像在酷熱夏天裡肌膚淋上涼水的感覺，洋溢著消融於世界的無邊喜悅。

……我所說的幸福，也許和人們認為的危機位在同一個點上。我沒有透過話語就得到融合，因而我感受到幸福的世界，也就是悲劇的世界。在那個瞬間，悲劇當然尚未形成，卻已是孕育著一切悲劇的要因、蘊含著破滅，不折不扣是個缺乏「未來」的世界。然而，我已徹底取得了在那裡居住的資格，這份喜悅顯然即是我幸福的根源。我感覺並非透過語言，而完全是憑藉肉體的教養，才得到了那裡的通行證，這便是我自豪的理由。只有在那個世界裡，我才能一派悠閒地呼吸，那是一個完全不具日常性、完全沒有「未來」的世界，這正是自從那場戰爭結束以後，我抱著燒灼似的焦躁情緒，一路追尋的世界。然而，語言不但絕不給我，甚至鞭打我，只為令我離那裡愈遠愈好。因為任何幻滅性的語言表現，全都屬於藝術家的「日常工作」。

這真是太諷刺了！原本在那沒有明天的悲慘下場、宛如盛滿熱牛奶的茶碗邊緣上覆著的一層奶皮的那個時代裡，我卻沒有資格喝完那一碗奶。經過了漫長的磨練，當我取得完美的資格回來了以後，不知道早已被誰喝光了牛奶，只剩冰冷的碗底朝天，此時，我已是四十多歲了。令我感到困擾的是，能夠治癒我乾渴的東西，唯有那碗早已被某人喝光了的熱牛奶。

如同我做夢那樣，所有情景都是不能回收的。時間也是不能回收的。

但是仔細想想，我企圖反抗時間本質的不可逆轉性的生活方式，難道不正是我在二戰後開始試著違反所有常理的最典型的態度嗎？倘若如同大家相信的，時間當真是不可逆轉的，那麼我現在能夠像這樣在這裡生活嗎？我心裡抱持著充分的理由，足以提出如此的反問。

我對於自己存在的條件一概不予承認，而將其他存在的手續加諸於自己身上。既然保障我存在的語言，制約著我存在的條件，那麼所謂「其他存在的手續」，不外乎致力於喚醒語言投射至影像上，亦即透過語言，從創造者漸次轉變為被創造者，並且經由巧妙而細膩的手續，確保那一瞬間存在的影像。只有在短暫的軍旅生涯中，被孤獨挑中的那一瞬間，我才存在，這確實吻合上述的一貫道理。我的幸福感的來源，顯然來自於往昔陳腐的遠古語言扔擲出來的影子中，哪怕只有一剎那，都是自己的化身。然而，能夠保障它的，已不再是語言了。從拒絕來自語言的存在所保障的地方產生的存在，非得由其他的東西予以保障才行。而那種東西，正是肌肉。

毋庸置疑，這種帶來強烈幸福感的存在感，在下一個瞬間就瓦解了，唯有肌肉神奇地逃過了瓦解。麻煩的是，要認知到肌肉逃過瓦解的事實，僅憑存在的感覺尚嫌不夠，自己的肌肉只能用自己的眼睛來仔細審視。然而，嚴格來講，「看見的東西」與「存在的東西」是相互矛盾的。

自我意識與存在之間微妙的矛盾，開始令我感到苦惱了。

我的想法是這樣的：如果試圖使看見的東西與存在的東西一體化，盡量使自我意識的性格變成內省性，是有益於己的。而努力使自我意識的目光朝向內面與自我，強化自我意識，忘卻存在的型態，如此一來，人就會像阿米埃爾[7]日記中的「我」一樣，能夠確切「存在」。但換言之，它就像一個從外觀即可清楚看見果核的透明蘋果，是一種奇怪的存在；而唯有語言，方能成為確保這種情況下的存在。這是典範的、孤獨的、具有人性的文學作家。

然而，人世間也有與存在的型態相關的自我意識。以這種自我意識而言，看見的東西與存在的東西的矛盾，是必然的結果。因為這是一顆包覆著不透明紅色果皮的普通蘋果，如何從外觀即可看到果核的問題；同時，亦是從外表觀察這種光澤鮮紅蘋果的視線，如何才能直接深入蘋果裡面化為果核的問題。而這樣的蘋果，從外觀看來，必須是健康的、紅豔的普通蘋果才行。

再繼續沿用蘋果的譬喻吧。假設這裡存在著一顆健康的蘋果。這個蘋果如果不是憑藉語言才開始存在，它就不會是阿米埃爾所說的，從外觀即可清楚看見果核的奇怪蘋果。應該根本看不到蘋果的裡面才對。於是，被果肉裹在蘋果中央的果核，只能在不見天日的蒼白黑暗中顫抖焦躁，巴望著該怎麼親眼確認一下，自己真是一顆如假包換的蘋果。蘋果應當確實存

7 阿米埃爾（Henri Frederic Amiel, 1821-1881），瑞士哲學家。

在著，不過，對於果核而言，卻覺得這樣的存在還不夠切實，若是沒有語言作為佐證，就只好以眼睛來證實了。事實上，果核所認為的確實的存在型態，就是存在，而且看見。要解決這個矛盾，只有一個方法，那就是用刀子從外表刺入內部，把蘋果剖成兩半，讓果核見到天日，也就是說，讓它與被切成兩半滾落的蘋果的紅色表皮平等地享有光亮，袒露在天光下。這個時候，蘋果還能作為一顆蘋果，繼續存在下去嗎？已被剖開的蘋果的存在，淪為局部的斷塊，為了讓蘋果的果核親眼目睹，而一起犧牲了完整的存在。

當我了解到，完整的存在感在剎那間之後就會瓦解，只能用肌肉而非語言來保障之時，我已經肩負著蘋果的命運了。沒錯，我的眼睛能在鏡子裡看見自己的肌肉。不過，光是能夠看見，根本無法觸及我感覺存在的最重要核心，這與幸福的存在感之間，依舊隔著一段無法測量的距離。若是不盡快填埋那段距離，恐怕別指望能喚醒那種存在感吧。也就是說，我灌注在肌肉上的自我意識，恰如蘋果不見天日的果核一樣，無法滿足於只躲在果肉蒼白的黑暗中，只保障存在之物擠裹在自己的四周，一股無以名狀的焦躁驅使它遲早非得破壞自身存在不可，這便是它極度渴望得到存在的確證。那是沒有語言、唯有觀看的一種強烈不安！

至於，原本自我意識的視線是內省性的，習慣藉由語言的載體，監視無法看見的自我，因此對於像肌肉那樣可看見的東西不抱以充分的信賴，必然會向肌肉提出如下的請求：

「看來，你確實不像是假象。既然這樣，請讓我見識一下它的功能。希望你能發揮你活動的原本功能，讓我看看到底是如何達到原先的目的。」

於是，肌肉開始依照自我意識的要求而動起來，不過，為了使其行動確實存在，必須在肌肉的外部設下假想敵，而假想敵為了確認那個存在，就必須朝感覺領域施出猛烈的一擊，以使嘮叨的自我意識安靜下來。這一刻，正是邀來的敵人的刀子，朝蘋果的果肉，不，是朝我的肌肉刺入的剎那。血液淌出，存在遭到破壞。恐怕得經由這種遭到破壞的感覺，存在才得以獲得全面性的保障，並且填補了看見的東西與存在的東西之間矛盾的縫隙吧。……那就是死亡。

我因而得知軍旅生涯中某個夏日黃昏，體會到那一瞬間幸福的存在感，確實唯有透過死亡，方能獲得終極的保障。

——當然，我也明白這一切都是想像，像這樣量身打造的存在的根本條件，正是「絕對」和「悲劇」。我知道，當我賦予自己語言以外的存在的手續時，就開始步入死亡了。縱使語言精心打扮成破壞性的外表，依舊與我的生存本能休戚相關，因為它從屬於我的生命。畢竟唯有當我希望「能活下去」的時候，我才能夠有效地運用語言，不是嗎？使我能夠活到自然死亡的，正是語言，原來它就是「致死疾病」的慢性病菌。

我前面已經提過，武士擁有的幻影令我感到親切，磨劍的任務如同磨練對於死亡與危機的想像力一樣，使我產生共鳴。那是透過肉體作為載體，使我的精神世界裡的所有譬喻都得以成真，並且一切都如同預料。

即便如此，軍隊不作戰時散發出來的莫大而徒勞的印象，仍是覆沒了我。當然，這與日本的非正統軍隊[8]被刻意遠離傳統和榮光的不幸特質，具有很大的關係。

這就像為巨大的電池充電，沒多久又因自放電現象，電力無奈地漸漸流失殆盡，只好再次充電，就這樣不斷重複操作，遲遲無法將電力發揮在有效的用途上。為了「必將面臨的戰爭」這宏大無比的假設而奉獻一切，編製詳細的訓練計畫，致力於厲兵秣馬，到頭來卻什麼事也沒發生，唯獨空洞的日子一天天過去。昨日處於最佳狀況的肉體，今天已隱約地露出衰

8 意指日本在二戰之後於憲法規定不以武力與他國解決紛爭，改為成立自衛隊以保衛國家，因此自衛隊雖實質等同於其他國家的軍隊，但在名義上卻不是軍事組織。

態，年老的逐個被處理掉，年輕的接連不停地被補充進來。

現在，我才領悟到語言真正的效用。語言施諸於對方身上的，正是現在進行式的虛無。當我們等待不知何時到訪的「絕對」的時候，不知何時才結束的進行式的虛無，便是語言真正的畫布。它不玷汙虛無、不浸染虛無，如同京都的友禪染綢一樣，時至今日依然在清澈的河水裡漂洗，不重染第二遍，以華美的色彩和構思給「虛無」施予繽紛的語言，就這樣一瞬又一瞬徹底覆蓋「虛無」，於每一瞬間定影下來，語言於是完結，留存了下來。當語言被說出口的剎那便是完結，在被寫下來的那一刻同樣也是完結。經由這些完結的累積，透過生存的連續感分分秒秒地消滅，語言從而獲得某些力量。至少可以減輕一些在等候「絕對」的醫師時，來自候診室的巨大白牆那股排山倒海而來的恐懼。並且與其為了玷汙虛無的每一瞬間，而必須不停消滅生存的連續感作為替代，至少還能發揮如同把虛無翻譯為某種實質的作用。

很顯然，即便是出於假設的，語言仍具備使事物完結的力量。死刑犯寫下的冗長手記就像一種咒術，它無時無刻企圖運用語言的力量，來終結多數人類無法忍受的漫長等待。

當我們等待「絕對」的時候，總是面臨現在進行式的虛無，只剩下選擇某種嘗試的自由。無論如何，我們必須做妥準備。這種準備之所以被稱為力求進步，應該是源自於人類對於勢必來臨的「絕對」所勾勒的圖像，或多或少懷抱著希望盡量適合自己的某種哀切的企盼。最自然而公正的慾望，便是希望自己的肉體和精神能夠平等地接近那個絕對的圖像。

但是，這種企圖必定徹底失敗。因為不管做過多少次的嚴苛訓練，肉體仍然會逐漸衰退；任憑再怎麼累積語言的經營，精神也不會認知什麼是「完結」。由於語言漸漸地完結，導致已經透過語言失去了生存連續感的精神，沒有辦法分辨出真正的完結。

負責掌理此種企圖的挫折與失敗的，正是「時間」。但是，「時間」

偶爾會罕見地賜予恩寵，將這種企圖從挫折與失敗中拯救出來。這就是夭折所蘊含的神祕意味，希臘人將之稱為受眾神惜愛的人而欣羨不已。

不過，我已經失去那張晨起充滿青春活力的獨特面容，亦即失去了哪怕昨日因疲勞而沉入多麼深的泥淖，只要過了一夜，就能再度浮到水面上朝氣勃勃地呼吸的那張早晨的臉孔了。悲哀的是，許多人一直保有將這張晨起的面容，也就是自己的真實面孔，不自覺地袒露在燦爛朝陽下的粗野習慣。習慣養成了，面容卻一直改變，卻渾然沒有覺察，不知不覺間，這張真實的臉孔因為思索和情念而變得憔悴，昨夜的疲勞更猶如枷鎖般拉垮了整張臉龐，也沒有覺察到，在太陽底下頂著這樣的臉孔是失禮的行為。就這樣，男人們喪失了「男子氣概」。

換言之，具有男子氣概的戰士面孔，必須是一張虛偽的臉龐，因為在失去了自然的青春爽朗後，必得藉由某種政治學，才能製造出另一張面孔。軍隊尤其致力於傳授這種技巧。比如說，指揮官晨起的面孔，即是一張兵士們能夠讀懂的對象：他們可以從它那裡迅速找到每日的行動基準；可以藏起自己內心的辛勞，在任何絕望中，都能夠樂觀地鼓舞別人；更可以使人忘卻個人的悲傷、隱瞞昨夜的噩夢、佯裝充溢著振奮的活力。於是，唯有那張面孔，才是活力充沛過度、對朝陽抱以禮儀的男兒面孔。

以這點而言，中老年齡層知識人的臉孔，令我感到毛骨森然。它們是多麼醜惡，多麼缺乏政治敏銳度啊！

我邁入文學生涯的時候，採取的方法不是如何展現自己，而是如何隱蔽自己，於此，我不得不佩服軍隊中穿著軍服的功能。在語言的各款隱身衣之中，第一等的莫過於肌肉；而在肉體的多款隱身衣之中，第一等的莫過於制服了。況且，軍服的剪裁設計，若是穿在身形削瘦，或是腆著肚腩的肉體身上，絕對都不合身。

再沒有比藉由軍服來約束士兵們的個性，更為簡單而明確的方式了。穿著軍服的男子僅憑這一身衣裝，就足以被視為戰士。不論這個男人具有哪種性格和內心，是個夢想家或虛無主義者，個性寬容抑或吝嗇，藏在制服底下的精神有著深淵似的恐怖難測，甚至充滿俗惡的野心，他依舊會被視為一位戰士。倘若時機到來，這將是一套會被子彈貫穿的衣服，亦是會被鮮血染紅的衣服。這種情況，實在非常吻合肌肉的特質——若要自我證明，必得先自我破壞。

……話雖如此，但我絕不是個軍人。軍人這種職業對於技術性的需求很高，其教育養成期間更比任何職業來得長又周密，而且為了避免遺忘已經學會的技能，必須像害怕失去細膩技巧的鋼琴家那樣天天練習，連一刻也不敢鬆懈地累積修練，這是值得我仔細觀察和學習的部分。

沒有其他的職業能像軍隊那樣，即便是極其無聊的任務，仍就視為至高無上的榮譽，甚至不惜一死，以便成就軍隊的輝煌。相反地，文學作家只曉得從自己瞭若指掌的內心的破銅爛鐵裡，拾撿出自己的榮譽，並且精心地打磨它。

我們擁有兩種呼喚，一種是來自內在的呼喚，另一種是從外在傳來的呼喚，而從外在傳來的呼喚，正是「任務」。如果回應任務的心靈，能夠恰如其分地和來自內在的呼喚遙相應和，可說是最大的幸福吧。

雖然已是五月，天氣依舊冷雨瀟瀟。某天下午，我原本預定去參觀「無座力炮（反坦克武器）」射擊演練，後來聽說天雨取消，便一個人待在宿舍裡。我們的位置在富士山麓，那天的氣溫冷得彷彿寒冬，若是在城市的高樓大廈裡埋首工作的人們，想必從白天就得把燈光點得通亮；而家家戶戶的主婦們在燈下邊織毛衣邊看電視，忖想此時收起暖爐可能太早了些。由此看來，一般民眾的生活中，仍缺乏那種不打傘即不敢衝入冷雨中的氣概。

忽然間，一位軍官乘著吉普車來接我。他說，射擊演練要冒雨依原訂計畫舉行。

吉普車在荒野間崎嶇不平的道路上奔馳，車身顛躓得很厲害。荒野裡杳無人跡，滂沱大雨從山坡倒瀉而下，吉普車沿著斜坡爬上又下。我們看不清前方的路。大風凶猛吹颳，草叢全倒伏了下來。無情的冷雨竄入車篷的縫隙襲向了我的面頰。

在這樣的日子裡，他從荒野來接我，我非常高興。這是一項特別的任務，我遠遠地就聽見其雄壯的呼聲。我已許久不曾嘗過像野狼般的情感：似要回應那從煙雨濛濛的廣袤荒野傳來的呼喚，離開溫暖的窩穴，疾馳奔趕而去。

某種力量像要把我剝光似地催逼著我，把我從暖爐旁邊使勁拉走。我不僅沒有絲毫不願或猶豫，更對它從世界的盡頭前來迎接（那多半是和死亡、快樂、本能相關的情境）感到歡欣和振奮。我出發時，所有安逸和日常性霎時離開了我。我驀然感覺到，似乎曾在遙遠的往昔經歷過這樣的剎那。

然而，昔日傳達給我的外在的呼喚，並未和內在的呼喚緊密地扣合。我猜，那是因為我沒能用肉體承接外在的呼喚，只勉強用語言將它承接下來。那種被繁瑣概念的密網纏繞住時的甜蜜痛苦，我確實很熟悉，但是，如果以肉體作為分界，當兩種呼喚相互應和的時候，將會產生何等根源性的喜悅，當時的我對此一無所知。

不久，猶如尖銳汽笛似的槍聲傳來，我望向雨中遠處霧氣瀰漫的標靶，注視著數度修正誤差後由瞄準槍管射出曳光彈的豔橘色光跡。過了一小時，我淋著雨在泥濘中坐了下來。

……我又想起另一個回憶。

記得那是十二月十四日的拂曉時分，我獨自在國立競技場的全天候大跑道上跑步。這種舉動，事實上連虛構的任務也算不上，只能說是酒後起興。不過，這是我第一次感受到自己「極盡奢侈之能事」，再沒有比這時刻更覺得一人獨享了黎明。

當時的氣溫是攝氏零度。國立競技場宛如一朵巨大的百合花，闃靜無人的偌大觀眾席，就像一圈巨大的、盛開綻放的、斑斑點點的灰白色百合花瓣。

我只穿著背心和短褲跑步，晨風刺骨，手幾乎沒有知覺。當我跑在半暗微明的東側觀眾席前，感到格外寒冷，不過跑到旭日直射的西側時，就舒服多了。我在四百公尺的跑道上連續跑了四、五圈。

朝陽在觀眾席的上方探出臉蛋來，灰白色花瓣的邊緣仍然遮擋著陽光，破曉的天邊濛著一片鬱鬱的藍紫。競技場的東邊冷冽猶存，不願離去的夜風颼颼吹襲。

我一面跑著，隨著嗆鼻的寒氣，嗅聞著大競技場的黎明所散發出來的種種餘韻：全場觀眾席如雷的喧囂與歡呼的餘韻、足以掩過清晨寒氣的運動用消炎鎮痛軟膏的餘韻、鮮紅心臟搏動的餘韻、下定決心的餘韻……這些正是這座大競技場從夜裡一直留存下來的巨大百合花的芬芳，而全天候跑道的磚紅色，毫無疑問正是百合花花粉的色澤。

隨著跑步，一個念頭盤踞在我的心頭——黎明時分誘人的百合花，與肉體的清淨之間的關係。

這個形而上的難題使我深陷苦思，因而遺忘了持續跑步的疲勞。這個問題，似乎與我自身有極度深層的相關，並與肉體的清淨和神聖少年的偽善之間有著某種關聯，我想，很可能和古老的聖塞巴斯蒂安[9]殉教的主題串兜在一起。

希望大家留意到，我並未提及自己日常生活的任何事情。我只是想談幾件我的祕密儀式。

跑步，也是一種祕密儀式。這個行為會立刻給予心臟非日常性的負擔，將日復一日的情感滌瑕蕩穢，甚至絲毫不允許我的血液出現數日的滯

9　聖塞巴斯蒂安（St. Sebastian, 257?-288），原是羅馬禁衛軍隊長，是虔誠的基督徒，為堅守信仰而殉教。

留。我不停受到某種東西的驅使。我的肉體已經無法耽享安逸，稍有停歇，便會迅即燃起對激動的渴望並催促著我。人們斥罵我狂躁，可是我依然我行我素，每天從健身房到道場，又從道場去健身房。只有每次運動過後感到一絲細微的甦醒，才是我唯一的慰藉。從不停的活動、不斷的奮昂、不歇的冷靜客觀性中逃遁出來，已經成為我非此即死的祕密儀式了。況且不待贅言，在每一項祕密儀式裡，必定都隱藏著小小的死亡的模擬。

不知不覺間，我像是進入了阿修羅道[10]。年齡追緝著我，在背後悄悄地嘲笑著：看你還能撐到什麼時候？然而，既然健康的「惡習」已經緊抓著我不放，除非從那祕密儀式中甦醒過來，我便無法回到語言的世界裡。

儘管如此，當肉體與靈魂像這樣稍微復活之後，我並沒有像必須盡義務般，不甘不願地回到語言的世界，反而為了能千欣萬喜地回到那裡，不管怎樣都必須辦完這樣一道手續。

我對語言的要求變得愈發嚴謹和挑剔。我避開了所有時髦的文體。或許我正在逐漸努力，試著尋回戰爭年代那種純粹語言的城堡。或許從語言的外部，有某種東西不停強迫著我；而在語言的內部，為了再次從語言的城堡裡覓得那無法比擬的、似非而是的自由的根據地，我用過去學到的相同構圖，嘗試重新建構一切。

這也是我想要找回在只認同語言淨化作用的時代裡，對語言沒有絲毫負疚的陶醉。亦即它能使被語言的白蟻咬得傷痕累累的我得到復原，並且以結實的肉體加以印證。語言確實是能讓我重拾幸福與自由狀態（儘管與真實相距遙遠）的唯一憑靠，如同孩童拿來強韌的日本紙，裱襯修補他玩了很久的雙六盤[11]上破損的折痕一樣。換言之，那是一首不知痛苦的詩歌，意味它將回歸到我的黃金時代裡。

10 阿修羅道，佛教的六道輪迴之一。六道指：天、人、阿修羅、畜牲、餓鬼、地獄。

11 雙六盤，兩人對坐玩的一種棋盤遊戲，雙方各持黑白棋子，依雙骰擲出的總點數將棋子移入對方陣地，搶先全部移入者勝利。

那時候我十七歲，能夠說是無知嗎？不，絕不是的。因為我知曉一切。十七歲的我所知道的事情，完全沒有加入其後四分之一世紀的人生經驗中。唯一的差異是，十七歲的我不具有現實主義的思想。

如果能夠再一次，像夏天泡在涼水中那樣，讓我愉快地浸淫在全知裡，該有多好！我於是仔細檢查了自己在那個年齡層的範疇，結果得知自己的語言確實只有極少部分遭到「完結」，被透明的全知輻射能汙染的區域非常狹小。因為儘管我希望把語言當作遺物，用於打造紀念碑上，卻做錯了方法。精簡全知，甚至疏遠全知，把對時代風潮的所有反設定全都託付給語言，使其如實反應出自己並未擁有的肉體，如同在信鴿的紅腳綁上裝在銀色小筒裡的書信，囑咐牠送信一樣，透過語言，一心一意努力與我的憧憬一同飛向未來或是死亡。雖然這項行為其實可以說是為了「不使語言完結」，無論如何，在那行為之中蘊含了陶醉。

希望大家能想起我前面說過的定義。我的定義是：所謂語言本質性的功能，就像在潔白的長帶上刺繡，透過在等待「絕對」的漫長空白上寫下語言，以使每一瞬間得到「完結」的妖術，於此同時，我也曾論述過，經由逐漸「完結」語言，使得生存的自然連續感總是遭到消滅的精神，無法分辨出真正的完結，從而那樣的精神亦絕不會認知到「完結」。

除此以外，當精神認知到「完結」的時候，對於終於能夠認知到「完結」的精神，語言能夠發揮什麼樣的作用呢？

我們其實知道那種型態的雛形。比方江田島的展覽館裡展示的一些特攻隊員遺書，即是一例。

晚夏的某一天，我造訪了那裡。相較於多數慷慨陳詞、中規中矩的遺書，也有寥寥幾封字跡潦草的鉛筆遺書，二者鮮明的對比震撼了我的心。在那樣的時刻，人們會用語言訴說真實嗎？或者人們會用語言打造出紀念碑呢？在我讀著一封又一封靜躺在玻璃櫥裡的年輕戰鬥英雄們的遺書時，長久以來存在我心裡的這個疑問，霍然得到了解答。

其中有一封遺書，如今依舊歷歷在目。那是一封用鉛筆在草紙上飛快寫下的遺書，青春的筆跡龍飛鳳舞，甚至可以說有些粗暴。倘使我沒有記錯，這封遺書以大意如下的這句話，突兀地停筆了。

「我現在精神抖擻，渾身洋溢著青春和活力。很難想像三個小時以後，我就會死去。可是……」

當人們想要訴說真實時，必定會像這樣支吾其詞。我彷彿可以看見他欲言而出的模樣。他既不是由於害羞，也不是出於害怕，而是當人們要陳述真實的原貌時，一定會這樣欲言又止，這正是「真實」的某種不圓滑性質的表現。他已經沒有漫長的空白時間等待「絕對」，也無暇使用語言緩慢地完結。當他奔向死亡，生存的感覺亦像氣彷[12]揮發般，那股奇妙的感覺如同暈眩一樣，趁著他已認知到「完結」的精神暫時發怔的空檔，使得最後的日常語言像愛犬那樣，撲上這位青年寬廣的肩膀，扯下他身上穿戴的衣物扔到一旁。

另一方面，言簡意賅的遺書，諸如寫下七生報國、摧堅殪敵、視死如生、盡忠報國等等字句的遺言，顯然是從許多刻板印象中，擇選出最為豪壯而高尚的詞語，一律抹煞心裡的感觸，用那壯麗的語言拚命表現出與自己同一化的自傲與決心。

當然，從各種意義上來說，懷抱如此心態寫就的四字成語都是「語言」。不過，儘管它是現成的詞彙，卻屬於日積月累精心打造出來的特殊的語言，具有尋常行為無法達到的高度。這些用語儘管現下已經消失，仍曾經存在於我們的過去。

這類語言不單單是詞藻華麗，還不斷要求人們表現出超越人類的行為，它要求人們為能提升到那種語言的高度，必須有賭上性命的果決。起初是為了表示決心而說出來的話語，漸次被迫不得不同一化的語言，這種

12 氯仿，學名為三氯甲烷，常溫下為透明無色液體，極易揮發，帶有特殊的香甜氣味。用於溶劑、清洗劑和麻醉劑。

語言與瑣碎的日常心理之間，從一開始就沒有架起應有的溝通橋梁。於是，雖然這種語言的語意曖昧，依然散發著凌駕世間的榮光，亦因這種語言本身為不具個性的紀念碑，因此嚴格要求摒除個性，強力禁止舉凡由具有個性的行為從事紀念碑的建設。設若英雄是肉體性觀念，那麼就像亞歷山大大帝仿效阿基里斯[13]以變成英雄一樣，成為英雄的條件應當是禁止獨創性，以及忠實遵從經典的範例，英雄的語言不同於天才的語言，應該是從既定概念中精選出最為豪邁而高貴的語言，這才稱得上是光輝耀眼的肉體語言。

於是，我在展覽館裡見識了當精神認知到「完結」時兩種果決的語言。

與這兩種語言相較，我少年時期的作品無法像那樣接近死亡的確切性，只有被怯懦荼毒的從容有餘，從而遭到藝術的侵犯。比起神風特攻隊美麗的遺書，我運用語言的風格截然迥異。但是，我的精神充分容認語言的自由，甚至放任語言無賴潑皮，回想起來，當時確實讓少年作者隨心揮灑放蕩的語言，並且使他從中認知到「完結」。現在重新翻閱當時的作品，可以明顯窺見這樣的徵兆。

時至今日，我仍然沉浸於夢想。如同被白蟻啃蝕的白圓木柱子一般，首先顯現在外表的是語言，其次呈現的才是被語言腐蝕了的肉體，像這樣的人生，應當不僅只我一個人。我一方面否定獨創性，卻又矛盾地隱然肯定自我生存本身的獨創性，而肉體的教養應當會直白地揭發我這項矛盾。如此一來，那個時代肉體所預見的及精神所認知的「完結」，應該在神風特攻隊和我的身上都等量分配才是。我理當能夠站在不容懷疑其同一性的立足點上（縱使沒有肉體！），而那些已逝的青年們當中，必定也有青年和我的情況相同：遭受了白蟻的啃蝕。不，在神風特攻隊之中，原本就存

13 阿基里斯（Achilles），希臘神話中的英雄人物，亞歷山大非常仰慕阿基里斯的英勇善戰，並刻意處處仿效他的事蹟。

在這樣的人。但不幸之幸是，當逝去的青年被含納於既定的同一性，以及被容括於毋庸置疑的同一性之時，也被歸入悲劇裡了。

十七歲時全知的我，當然明白這一點。然而，我開始著手做的事，卻是盡可能遠離全知。我不打算使用任何構築時代的素材，誤把固執當成純粹，而且也用錯了方法，以致於我矢志留存青史的竟成了具有個性的紀念碑。為何那種東西能夠成為紀念碑呢？雖然今天我已清楚地明白這種錯誤的根本源由，但是我當時卻看不起自己應當藉由語言「完結」的生存。

然而，在少年看來，蔑視與恐懼是同義詞。我那時大概是害怕藉助語言將之「完結」。我在盡量遠離應當完結的現實之處，暗自勾畫著語言的不朽，並在這徒勞的行為之中，感到一抹心神蕩漾的陶醉。甚至可以更大膽地說，在這種行為裡含有幸福，不，甚至連希望也沒缺席。然後，戰爭結束了，就在精神對於「完結」認知戛然而止時，陶醉也同步熄滅了。

時至今日，我才打算回歸原處，這個意向具有什麼意義呢。我所追求的是自由嗎？還是不可能呢？該不會這兩者指的是同樣的東西吧。

顯然，我想要的是重拾陶醉，這回非得要彰顯出我已具備資深技師般的自負，在陶醉中挑選不具個性的語言，真正發揚其紀念碑的不朽功能，並且誓言終結生存。可以誇張地說，對於頑固地不願認知「完結」的精神，我的復仇絕不僅只於此。當肉體朝著未來的衰退方向行進時，人們不跟在它後面，而是悶不吭聲地隨著遠比肉體更盲目、更頑固的精神一起走，到最後受到了誆騙。我完全不想和人們走上同一條路。

我必須設法使我的精神重新認知「完結」。那裡是一切的起始。顯然，唯有那裡才可能有我真正自由的依據。我在少年時代，由於誤用語言而特意避開了全知，而今要再一次浸淫在全知的水裡，就像我懷念的年少夏日浸泡的涼水，並且這一回，我一定要用水的整體表現出來給大家看才行。

無需贅言，我非常明白還原是不可能的。但是，這種不可能刺激著我百無聊賴的認知，唯有不可能方能喚醒認知的活力，使我夢想奔向自由。

我在肉體扮演的似非而是當中，已經看見文學上的自由、語言上的自由的終極型態。總而言之，我錯失的並非死亡。我以前錯失的，原來是悲劇。

……話說回來，我錯失的是集體的悲劇，或者說身為集體成員之一的悲劇。設若我成功地融入集體裡，應當更容易加入悲劇之中；不過，語言從一開始就不斷從中作梗，使我遠離集體，況且我缺乏融入集體的肉體性能力，總覺得自己被集體排拒在外。我設法讓自己正當化，促使我增加語言的練習，理所當然地，也努力保持避免使那樣的語言代表集體的意思。不，毋寧說，當我的存在還停留在徵象的階段，在我體內不停降下的語言之雨，就像曙光照耀前開始下起的雨絲，也許其本身就預言著我無法適應集體生活。我一生中最初做的工作，就是在那樣的雨中建構自我。

如此看來，我兒時的直覺是正確的：集體即是肉體的法則。時至今日，我從不曾感到需要更新這種直覺。幾年以後，直到我遇見了稱為「肉體的黎明」，在激烈操練肉體與疲勞力竭直至瀕臨死亡的時刻，出現的那片淡紅色的眩暈以後，才終於了解集體的意義。

集體，和語言非得分泌的諸多東西相關，比方汗水、眼淚，以及叫喚。進一步說，語言終究和既不流淌、亦不被擠出的血液有所關聯。所謂血淚的文字，之所以不可思議地背離具有個性的表現，而經由類型的表現來撼動人心，應當是由於它屬於肉體的語言吧。

使出力氣之後的疲勞、汗水、眼淚、血液，與抬神轎時同樣仰望那變化無常的神聖藍天，映入我的眼簾，當我察覺到這成為「我與眾人皆同」這種榮耀的根源時，或許我早已預見到，自己將會跨過語言把我囚禁在內的那道個性的門檻，繼而醒悟到集體的意義。

當然，也有語言是為集體而存在的。但那些絕不是單獨存在的語言。

也就是說，它必須依附在各種肉體之上，比方演講者的演說、煽動者的口號、演員的戲劇台詞。任憑它是寫在紙上也罷，是吶喊也好，集體的語言終究會從肉體性的表現當中找到它的歸宿。這種語言，不是為了從密室的孤獨，祕密地傳向遠方另一個密室的孤獨而存在的。集體，必定正是最終拒絕語言這種載體時，一種難以言喻的「同苦」的概念。

因為唯有「同苦」，應當才是語言表現的終極敵人。在一位作家心中的悲觀厭世，猶如馬戲團那面巨大的幕布，任憑不停向星空膨脹，仍然始終無法創造出同苦的共同體。因為語言表現即使能夠傳達快樂和悲哀，也不能傳達痛苦；快樂容易被觀念點燃，但痛苦只能分配給置於相同條件下的肉體。

透過集體、透過同苦，肉體才有可能臻至個人無法達到的某種肉體的高水位。為了使水位升高到足以窺見神聖之處並且溢流出來，就需要個性的液化。不僅如此，還要不斷把容易沉淪在安逸、飄泊及怠惰中的集體打撈上來，並且需要集體的悲劇性——引領他們走向愈發增加的同苦，和痛苦極限的死亡。集體必須開拓那條走向死亡的道路。毫無疑問地，我這裡說的是指戰士的共同體。

早春的清晨，我成為集體的一員，額頭上纏著染有太陽圖案的頭巾，半裸著幾乎凍僵的身軀不停跑步。我穿越那同樣的痛苦、同樣的喝聲、同樣的步調與合唱，它宛如汗水逐漸滲入自己的肌膚裡，我深深地感覺到，正是那種確認同一性的「悲劇性的東西」在駕馭著我。它來自從凜冽晨風的深處開始萌芽的肉體之焰，假如可以這樣說，那是崇高的開始萌芽。「挺身」的感覺，使肌肉奮昂起來。我們同樣盼望著榮耀和死亡。如是想望的人，不單是我一個。

心臟的喧囂在集體裡彼此相通，傳遞出急速的脈搏。自我意識早已在遠處，恍如遙遠城市的幻影。我屬於他們，他們屬於我，形成了不容懷疑的「我們」。所謂「屬於」，這是多麼殘酷的存在型態！我們用偌小全體的圈環，當作仔細思索的依憑，放大成全體的巨幅而泛著霧光的圈環。於是，這種悲劇的描摹，等同於我那有些棘手的幸福，儘管我預期它終將撥雲見日，只能回歸到存在的肌肉，但我夢想著僅靠我一個人不得不還原為肌肉和語言的某種東西，能夠藉由集體的力量勉強維繫住，並且將我帶向再也無法回來的遙遠彼方。這只怕是我依靠「他者」的開端了。並且，他者已經屬於「我們」，而我們的各個成員，便是藉由託付於這種不可測的力量，從而屬於「我們」的。

於是，在我看來，集體就是通往某處的橋。那是一座一旦走過去，便再也沒有理由返回的橋。

尾聲——F104

我開始看見一條巨大無比的蛇纏繞著地球。牠藉由不斷地吞噬著自己和自己的尾巴，使所有相反的極端沉靜下來。牠揚聲嘲笑所有的相反性，亦是最終的一條巨大之蛇。我開始看見牠的身影了。

彼此相反的東西，在其極致處會彼此相似，彼此相隔遙遠的東西，會因益形遠離而彼此相近。蛇環說明了這個奧義。肉體與精神、感覺性的東西與知性的東西、外部與內部，會在某處稍離這個地球，並像白雲的蛇環圍繞著地球那樣，在比某處更高的地方連接起來。

我一向只對肉體的邊緣與精神的邊緣，肉體的邊境與精神的邊境感興趣。對深淵卻興趣索然。深淵的問題就由別人去處理吧。何以如此呢？因為深淵的問題是膚淺的、平庸的。

邊緣之邊緣，那裡有什麼呢？難不成那裡只有朝向虛無垂下來的邊飾嗎？

人在地面上受巨大的重力所壓迫，穿著沉重的肌肉鎧甲，流汗、跑步、打擊，好不容易才能跳起來。儘管如此，有時果然也會從頭昏眼花而疲勞的黑暗中，看見我所稱的「肉體的黎明」，呈現出美麗的顏色來。

人在地球上無限地飛翔，廢寢忘食地展開知性的冒險，專注地伏案讀書，企圖向著精神的邊緣，再向邊緣，更向邊緣邁進，儘管冒著可能墜入虛無的危險，但還是試圖跪爬著逼近它。這時候（雖然極為稀罕），精神也窺見它自身的黎明。

然而，這兩種東西絕不諧和，彼此不會完全相似。

我之前在肉體的行為裡，從未發現過類似知性冒險的、冰冷的、可怕的滿足。同時，過去在知性的冒險裡，也未曾體味過肉體行為的那股無我的熱情和那股狂烈的黑暗。

它們總是在某個地方連接起來。但是會在什麼地方呢？運動之極是靜止，靜止之極是運動，這樣的領域，必定會在某處。倘若我大掄手臂，我就會立即喪失部分知性的血液。如果我在打擊之前，哪怕稍加思考，我的一擊就會以失敗告終。

我想，在某處必定有更高的信念來策劃這種匯總和調整的。

我認為這種法則就是死亡。

然而，我對死亡思考似乎有點過分神祕。我忘卻了死亡其簡明的物理性的側面。

地球被死亡包裹著。極其罕見的、純潔的死亡，在沒有空氣的上空熙來攘往，它俯瞰著遙遠地面上被物理性的條件束縛著到處走動的人群。而正是這種物理性條件，使人不能輕鬆地升騰，它還可能物理性地使人喪命。人若以本來面目接觸宇宙，那就會面臨死亡。為了接觸宇宙而還能存活，就必須戴上氧氣面罩這種面具。

如果精神與知性率領肉體到那早已熟悉、來往自如，卻令人窒息的高空上，也許會在那裡遇見的就是「死亡」。而只有精神與知性升騰，死亡是不會清楚顯露出來的。因此，精神總是感到缺憾，很不情願地重新返回地上的肉體的住所裡。設若只有它獨自升天，統攝的法則終究是不會自顯出來的。只有兩者相偕而來，否則它就不接受。

我還沒有遇見過那條巨大的蛇。

儘管那樣，我的知性的冒險是多麼知悉那個高高的天空啊！我的精神比任何鳥兒都要飛得高，並且不害怕任何缺氧。或許我的精神本來就不需要那濃重的氧氣。啊！那些傢伙的精神，蝗蟲群的精神只能蹦跳到牠的肉體所能及的高度。我在遙遠下方的草地裡，瞥見那些傢伙的影子，不禁地捧腹大笑起來。

不過，就連蝗蟲群也必須學習什麼事。我從未陪伴著自己的肉體來到那高空，我開始悔恨自己總是將肉體遺棄在地上那沉重的肌肉裡。

有一天，我帶領著自己的肉體，走進氣密室裡。我做了十五分鐘的脫氮。也就是說，我吸入百分百的氧氣。於是，我的肉體就進入我的精神每夜都進去的同一個氣密室裡，一動不動地被綁在椅子上。對於肉體來說，它知道這是強加給它的出乎意料的作業，它只是感到震驚。這是它無從想像的：手足不能動彈地坐著，將成為自己的任務。

對於精神而言，這是最容易辦到的耐高空性的訓練，可是對於肉體來說，這是首次的經驗。氧氣面罩隨著呼吸的節奏，時而緊貼鼻翼，時而離開鼻翼。於是，精神對肉體說：

「肉體啊！今天，你跟我一起，不可動彈地前往精神的最高的邊緣去吧。」

然而，肉體傲慢地這樣回答：

「不，既然一起去，不論多麼高，那也不過是肉體的邊緣而已。你閉鎖在書齋裡，一次也未曾陪伴過肉體，才會這樣說的吧。」

這事並不重要。我們一起出發吧。你安分地配合就行！

空氣已從天花板的小孔全被我吸個精光，肉眼看不見的減壓逐漸開始了。

不動的房子向天空升騰起來了。一萬呎。兩萬呎。看起來，室內沒有發生任何事，但是房子卻以可怕的氣勢，逐漸擺脫了地上的牽絆。在房間裡，隨著氧氣的銳減，所有日常性的東西開始淡化。從三萬五千多呎的地方，某種影子逼近過來，我的呼吸急促起來，逐漸變成了瀕死的魚兒那樣，浮出水面匆忙地張合嘴巴呼吸著。然而，我的指甲的顏色還遠沒有因血液缺氧而變成紫色。

這可能是氧氣面罩在發揮作用吧。我瞥見調節器的循環流動窗，那上面的白色標示片，隨著我大口的呼吸，緩緩地飄動起來。雖然提供了氧氣，可隨著體內溶氧量的氣化，我逐漸感到窒息起來。

在這裡所做的肉體的冒險，與知性的冒險非常相似，因此迄今我很放心。我無法想像不動的肉體會達到什麼境地。

四萬呎。窒息的感覺逐漸強烈起來。我的精神與肉體友好地攜起手來，用充血的眼睛環視周遭，找尋哪裡會留有自己所需要的空氣。哪怕一絲半點，只要有空氣，我就想貪婪地把它吃掉。

之前，我的精神知道恐慌，也懂得不安為何物，但它卻還不知道肉體默默地忍受著缺乏精神提供的本質性要素。當它企圖用停止呼吸來思考時，思考又在為某種東西而忙碌不已。那是因為它在忙於思考肉體性條件的形成。於是，它又呼吸了起來，彷彿要犯下致命性的錯誤似的。

四萬一千呎、四萬二千呎、四萬三千呎。我感到死亡緊緊地貼在自己的嘴上。那是柔和的、溫暖的、如章魚般的死亡。它與我的精神所夢見的任何死亡都不同，是黑暗的軟體動物般的死亡之影，然而，我的頭腦沒有忘記，這訓練絕不會讓我斷送性命的。只是這種無機的遊戲，讓我瞥見了在地球外側熙來攘往的死亡是什麼樣的姿影。

……飛機從那裡突然自動下降。在保持高度二萬五千呎的水平飛行時，我脫下氧氣面罩體驗著缺氧狀況。同時，我還在轟鳴乍現籠罩白霧似的室內做緊急降壓的體驗……就這樣我的訓練合格了。於是，我獲得了一張粉紅色的小卡，證明我經過航空生理訓練的培訓。至於我體內所發生的狀況與我的外部、我的精神的邊緣與肉體的邊緣，是怎樣在一個水邊融合的呢？了解它的機會大概已經快來了吧。

十二月五日，是個晴朗的天氣。

在H基地，我看見了飛機場上成排的F104超音速噴射戰鬥機群閃爍著銀光的姿影。地勤人員準備著我要乘坐的〇一六號。我第一次看見F104如此安靜地休息的姿態。往常我總看到它飛翔的姿影，它使我憧憬的目光大放異彩。那銳角，那神速的F104，剛一看見它的身影，它立即劃破藍天消失了。那瞬間使我久久地忘乎了自己的存在。那是一種什麼樣的存在型態呢？那是多麼輝煌的放縱啊！對頑固地坐著的「精神」，難道還有更充滿輝煌的蔑視嗎？那張天幕為什麼會裂開了呢？天幕為什麼會宛如一面巨大的藍色帷幕迅速地被一把匕首切開似的裂開來呢？難道你不覺得F104已宛如天空的一把銳利之刀嗎？

我身穿暗紅色的飛行服，穿上降落傘。教官教我使用生存裝備，讓我試驗氧氣面罩。沒多久，他把白色沉重的鋼盔遞給了我。我穿的馬靴後跟嵌有銀色的墊片，以防止彈跳起來可能折斷腳踝。

這時候，下午兩點多，亮光灑落在飛機場上，恰似灑水車從雲間灑水下來。那雲層的景致，光影變幻的天空，宛如一幅以常規手法描繪出來的古老的戰爭畫。那構圖恰似從隱藏在雲裡的聖櫃裡，拿出一把折扇劃破了雲層，扇子搧落莊嚴的光芒。我感到納悶：為什麼天空會描繪出這樣一幅巨大的、莊嚴的、落後於時代的構圖，可光芒又確實呈現出內在的重量，使遠方的森林和村落顯得神聖呢？這情景如同旋即就要舉行被切開的天空的告別彌撒似的。原來那是管風琴的光芒！

……我坐在雙座戰鬥機的後座艙位上，固定著鞋後跟的護墊，檢查氧氣面罩，蓋上半圓形的防風玻璃罩。與飛機駕駛員的無線電對話，每每被英語的指令所干擾。在我的膝下，已經拔掉卡栓的逃生裝置的黃色扣環安靜地躺在那裡。高度儀、速度儀，許多測量儀表。除了飛行員檢查的操縱桿，在我面前還有另一個操縱桿，它依照檢查順序在我膝蓋之間晃動著。

二時二十八分。引擎啟動。飛行員面罩裡面的呼吸聲，在金屬性的轟鳴之中，聽起來恰似颱風，它以天空的規模迎風旋蕩。二時半。〇一六號機緩緩地進入跑道，在那裡停住，測試發動所有引擎。我充滿幸福感。在這瞬間，我彷彿與日常的東西、地上的東西完全訣別，飛向絲毫也沒有煩惱的世界似的。這種喜悅，絕不是搭載市民的民航客機起飛時所能比擬的。

我多麼強烈地尋求著這種東西，多麼熱烈地等待著這一瞬間啊！在我後面只有已知，在我前面只有未知，這剎那宛如一支超薄鋒利的刮鬍刀片似的。我多麼焦急地等待著邀請這眨眼間的成就，而且盡可能在純粹嚴密的條件下迎接這個瞬間！正是因為這個緣故，我才活著的。因此，我怎麼能不熱愛那些從中幫助我的友善之人呢。我已經忘了「出發」這個詞彙了。如同魔術師極力要忘卻致命性的咒語一樣。

F104終於要起飛了。零式戰鬥機必須花十五分鐘，方能飛上一萬公尺的高空，它只花了兩分鐘就已到達。我感覺到＋G[14]作用在我身上，很快地，我的內臟好似被一隻鐵製的手壓住，我的血液像沙金一般變得沉重。我肉體的煉金術開始動工了。

F104，這個銀色、銳利的陰莖，以勃起的角度劃破了長空。我像一隻精蟲被裝在裡面。我應該可以體會射精時那精蟲的感覺。

14 當飛行加速度產生的慣性力和重力的合力大於重力時，飛行員就處於超重狀態，由上至下的作用方向稱為正超重（＋G）。

毫無疑問的，我們生活的時代的最邊緣、最極端、最盡頭的感覺，無疑是與宇宙之旅必須的G聯繫著的。也就是說，時代的日常感覺的末端，是融化在G中的。過去我們一直生活在稱為終極心理因素的歸結於G的時代裡。因為我們沒有預想到，G在彼方的愛憎竟是無效之物。

G是神的物理性強制力，而且必定是位於陶醉正相反的陶醉，位於知性極限相反的知性極限。

F104起飛了。機首朝上高飛。再往上升飛。一下子就穿過眼前的雲層。

一萬五千呎，二萬呎，高度儀和速度儀的指針像白色的小高麗鼠那樣在轉動。跨音速[15]的馬赫〇・九。

G終於來了。不過，那卻是友善的G，因此不是痛苦而是快樂。我的胸部宛如瀑布在傾瀉，瀑布傾瀉之後，彷彿什麼也沒有了，成為剎那間的空白。藍天中的灰色稍微占去我的視野。那猶如是突然咬住藍天的一隅，把這塊藍天嚥下去似的。理性依然保持著清澄的狀態。一切靜悄悄而又壯大，藍天的表面上，迸散著白雲點點的精液。我既不是睡，也不是醒。但是在醒的狀態下，又有一種被粗暴地剝去了一層皮般的覺醒，精神卻像還沒有接觸到任何東西般的純潔。在防風玻璃的光亮中，我咀嚼著曝曬的喜悅。可能是裸露出牙齒的緣故，我恰似遭到痛苦的襲擊。

我與之前在空中所看見的那架F104合而為一，同時我確實把「存在」轉向我親眼見過的遠方之中了。幾分鐘之前，我還在地面上呢，轉瞬間，我竟成了「飛向遠方的人」，此刻他們只不過是他們剎那間的記憶，而我是實在的「存在」。

陽光透過防風玻璃無情地照射進來，在這盡情裸露的陽光中，我很自然要思考著榮耀的概念。所謂榮耀，無疑是一種給予這樣無機之光，超人

15 跨音速（transonic），空氣動力學名詞，約〇．八至一．二馬赫，大約音速前後的速度範圍。

之光，充滿危險的宇宙間裸露之光的通稱。

三萬呎。三萬五千呎。

雲海在遠處的下方，沒有明顯的凹凸，宛如一片展開的純白苔庭。

F104為了避免衝擊波影響地面，飛向遙遠的海上，一邊南下，一邊試圖超音速飛行。

下午二時四十三分，三萬五千呎，它從馬赫〇・九，伴隨著微微的震動，超越音速，達到馬赫一・一五、馬赫一・二、馬赫一・三，一直上升到四萬五千呎的高度。逐漸下沉的太陽在它的下方。

什麼事也沒有發生。

只有銀色的機體在顯露的光中浮現。飛機保持著巧妙的平衡。它再次成為封閉的房間。飛機彷彿全然不動似的。它只成為飄浮在高空中靜止而奇妙的金屬製的密室。

在地面上的氣密室，其原型應該取自於太空船的構造。因為不動的物體，即是成為最迅速運動的精密的原型。

我沒有湧上窒息感。我感到悠然自得，活躍地思考著。因為那封閉的房間和敞開的房間如此極端相反的室內，卻成為同為人類的精神的住所。而那些行動的結果，運動的結果，就這樣地靜止下來，如此一來，四周的天空，遙遠下方的雲，雲層間閃爍的海，甚至西沉的太陽，都成為我內在發生的事、我內在的事物，也就不足為奇了。我的知性冒險和肉體性的冒險，至此如果能遠離地球，那麼它們就能輕易地握手言和了。而它正是我夢寐以求的地方。

原來浮現在天空這個銀色的筒，也就是我的腦髓，那個「不動」就是我的精神型態。腦髓並沒有被頑固的骨頭所保護，而是像浮在水上的海綿成為可能滲透的東西。內在世界與外在世界彼此相互滲透，甚至可以完全地交換。雲與海與落日的簡樸世界，成為我內在世界從未有過的壯麗展望。於此同時，我的內部發生的所有事件，早已擺脫心理的和感情的羈絆，形成在天空中自由揮灑的粗略文字。

這時候，我看見蛇了。

我看見巨大而愚蠢的蛇影，它正在吞噬著自己那繚繞地球如白雲般連綿不斷的尾巴。

浮現在我們腦海裡的東西是存在的，哪怕只存在過一瞬間，現在即使不存在，過去仍會存在，或是也許總有一天會存在吧。這正是氣密室與太空船之間的相似之處。這正是我深夜的書齋與四萬五千呎上空的F104的機艙相似的地方。照理說，肉體是充滿精神的預見而閃光，精神則洋溢著肉體的預見而生輝。而瞠目看其始末的，正是「意識」。此刻，我的意識宛如硬鋁似的澄明。

巨大的蛇環把所有相反性都變成一種東西，倘若蛇環浮現在我腦海裡，那麼它早已存在，這並不足為怪。那蛇永遠在吞噬著自己的尾巴。這是比死亡還要巨大的環；那蛇比我過去在氣密室裡隱約嗅到的死亡氣味更充滿芳香。而它正是在光輝的天空彼方，俯瞰著我們的統攝法則之蛇！

飛行員的聲音撞擊著我的耳膜。

「現在高度下降，向富士山飛行，在富士山頂上空盤旋後，橫向做Lazy Eight[16]飛行，繞到中禪寺湖的方向，然後返航。」

富士山在機首的略偏右方，流雲繚繞著它的山體，它聳起黑色的剪影畫似的肩膀。左方是夕陽暉耀下的大海，還有大島（伊豆大島火山）上空那如凝固的優酪乳般的白色噴煙。

高度已低於二萬八千呎。

從我眼下的雲海縫隙處看去，恰是晚霞浸染的紅彤彤的海面。它猶如綻開的火紅百合，從雲層僅有的縫隙鑽出來吐露芬芳。它的紅彩遍照著整個雲層內，看來更似四處綻放的紅色百合花。

16 航空麻花8字形飛行法。

〈伊卡魯斯17〉

我原本就屬於蒼穹嗎？
否則為什麼天空
不斷地向我投來蔚藍的凝視
引誘我的心思向著天際
更高更高地
飛向比人類所能企及的更高的境地
不停地誘惑我？
均衡經過嚴密地思考
飛翔經過合理地計算
明明沒有發狂的念頭
為何升天的慾望

其自身與瘋狂如此相似
沒有任何東西可以滿足我
地上所有的新鮮事物都使我厭倦
更高更高地更不安定地
誘惑我更靠近太陽的光輝
為何理性的光源灼燒我？
為何理性的光源毀滅我？
遠方的村落與河川在眼下迂迴
比近處的更讓人容易忍受
倘使從如此迢遙的地方
亦能愛上人類的事物

17 伊卡魯斯（Icarus），希臘神話人物，他綁上父親做的蠟製翅膀逃離克里特島時，由於沉浸在飛翔的喜悅中，忘了該遠離太陽，翅膀的蠟被陽光熔化，墜海而亡。

為何它要辯疏、承認和誘惑呢？
它的愛分明不是目的啊？
如果是這樣
那麼我原本就沒理由屬於天空
之前我不曾期盼獲得鳥兒的自由
從未想過自然的安逸
唯有心中的憋悶驅使著我
上升與接近太陽
我沉浸在藍天之中
如此違背有機的喜悅
如此遠離優越的愉悅
只顧更高更高地飛
難道是蠟製翅膀對暈眩和灼熱獻殷勤嗎？

既然如此
我原本屬於大地嗎？
否則為什麼大地
這樣急速地催促我下降？
不給我思考的餘裕和感情
為何如此溫柔和慵懶的大地
居然用鐵板的敲擊回應我呢？
只有領略到我的溫柔
柔軟的大地才化成鐵？
是否要讓我明白
墜落比飛翔更為自然
比諱莫如深的熱情自然
是自然要讓我了解這件事的嗎？

天空的蔚藍就是個假想
從一開始
就是為了蠟製的翅膀
那瞬間的灼熱與陶醉
我所屬的大地在策劃
而且天空悄然地支持那個企圖
是對我施予懲罰嗎？
我不能信任自己
抑或我太相信自己
我性急地想探知自己屬於什麼
或者倨傲地認為知道所有
我想飛向未知
或者飛向已知

哪天我要飛向淡藍的表象
我會因飛翔被降罪懲罰嗎？

行動學入門

何謂行動？

行動本身有其自身獨特的邏輯。因此，行動一旦開始，直到結束是不會停止的。可以說，這種情形與發條玩具很相似，只要發條在上緊狀態，它就會持續相同的運作。對於知識人而言，行動這種邏輯令他們感到畏懼，因為如果不對此稍加留意的話，他往往就會被引入歧途而無法抽身。最近，我認為作家野坂昭如[1]在感情上可能表明立場支持「三派全學聯」[2]，然而僅只幾個星期，情況卻為之丕變，他放棄了上述聲明。因為他並非不知道行動可能把人帶到何處，毋寧說，正因為他明確知道後果因而緊急做罷。在這一點上他是個聰明人，在發條還未鬆弛前即停止了行動，也可以說，這證明他從一開始就沒付諸行動。

日本刀一拔出刀鞘時，就展現其獨特的動作。這與槍枝子彈射出的瞬間相似，它一開始就按此行動展開。槍枝一瞄準敵人射出子彈，它便朝彈道直射而去，這時如果來個陰錯陽差，如子彈即便打中了鋼盔正面，有時也可能先在鋼盔內繞過一圈，再從頭部後方鑽了出去。雖說這種不如預期達成的行動所在多有，至少它都得遵從朝著目標發射的法則與邏輯。如果我們可以對著飛到半途的子彈說：「喂，你要去哪裡？去買香菸？去公共澡堂嗎？」那麼，子彈可能會說：「我去殺死敵人！」然後迅速朝敵人直奔而去。對子彈而言，它不可能一下子去澡堂，一下子去買香菸，消耗在次要的目的上。日本刀在此方面亦有異曲同工之妙，它拔刀速度不如子彈

1　野坂昭如（1930-2015），作家、歌手、作詞家，同時也是前日本參議院議員。其以自身二戰經歷為題材，所創作出帶有半自傳性質的小說《螢火蟲之墓》，於一九六七年獲直木賞。

2　三派全學聯，以革命共產主義者同盟中核派、社會主義學生同盟、社會主義青年同盟解放派等三個學生團體為主體形成的團體。

之快，但一旦拔出了刀鞘，絕不會毫無目的沒砍斬到東西或人就插回鞘內，因為沒有確定目標而貿然拔刀的話，往往會以失敗告終。

我們可以從「日大騷動」中看到最佳的例證，幾名體育會的學生手持日本刀闖入了日本大學校園惹事，不料，他們立刻被奪刀壓制且招來了一頓暴打。話說回來，我實在難以相信，有人手持日本刀不傷人見血就收鞘的。依此推想，難道這把日本刀闖入校園並非以殺傷為目的，而是恫嚇或脅迫之用？若果真如此，它就與本來目的相違背了，而違背本來目的，使用武器的當下就毫無鋒利可言了。這起事件也可與本年度的治安出動[3]相比擬。顯然的，如果治安出動旨在行使震懾或威嚇的話，必然就要準備數萬發子彈或幾千支槍械，問題是，最終它若沒發揮應有的效力，其情況就會如掉入上述日本刀相似的困境。在此，我覺得武器這種東西隱含著奇妙的性質。

武器本身與行動未必是相融合一。我認為這如同以前戰爭中的行動一樣，武器必然有其明確的用途，因此，我認為行動的定義在於人與武器同一化，並朝目的勇往直前。因為我們不可能毫無目的的行動，既然身為男人，不可能不以肉體來展現行動的。當然，看見有學童掉入河裡勇於捨身相救，那是行動的體現之一。從自衛隊的立場來看，他們參與颱風或地震救災活動也屬於這個範疇。然而，在這種情況下，以肉身拯救人命與自然搏鬥的行動是做人的根本，行動本身都必須專注於這個目的對象。

因為不存在沒有目的的行動，那些沒有目的的思考或單憑感覺的人，忌憚和害怕行動，能避則避。不用說，有思想和邏輯目的展開行動時，最終不表現在措詞和言論上，而必須回歸於肉體行動之中。所有肉體行動都可能危及自身，沒有比這更恐怖的了。肉體有塑造肉體自身的獨特喜悅，這個喜悅即所有舞蹈的愉悅，與所有運動的暢快感相聯繫著。其目的性並

3　治安出動，由日本首相命令自衛隊出勤執行治安維護。

不明顯，而越是以美為宗旨的行動，其行動本身就越接近藝術的無限性。我在前文中已述及，在體育運動當中，體操運動最接近藝術與行動的交界線。

行動的特色在於不空耗時間。我之前有過幾次行動的機會，例如，參加東大全共鬥的討論會，集會時間只需兩個半小時。因此，我幾乎不需任何準備，從我家乘上計程車直奔駒場的東大校園，討論會一結束，再搭乘計程車回家而已。往返時間抓得寬鬆些，不超過四個小時。然而，社會過度宣揚炒熱那場行動的氣氛，有一段時間成了人們興趣和關注的焦點。而且，他們只關注我參與東大全共鬥討論會中的發言，不過，對我來說，在一個月中的四小時並微不足道，觀看一部戲劇、欣賞一部電影長片也要四小時，人們卻只對這短暫的時間感到興趣，對我如何度過一個月當中二十四時的三十倍——七百二十小時漫長的時間卻興趣索然。七百二十小時扣掉四小時的七百一十六小時，雖不能說我全部時間都埋頭寫作，但大半時間我都持續不懈認真地撰寫小說。如果我不付諸行動，就會無限拖延下去，我寫到第三冊小說花了四年，若不行動不知要幾年才能完成第四冊小說。行動貴在迅速，思考性和藝術性的工作非常耗費時間精力。但是，活著的意義需要很長的時間才能體現出來，而死亡瞬間即到，問題在於人們重視何者呢？

西鄉隆盛[4]在城山切腹自盡永遠被人追憶，特攻隊在極短時間進行冒死攻擊同樣受到銘記。只是，一般人看不到他們整個生涯和受過幾百小時訓練的過程。行動如瞬間爆裂的煙火，但它們卻有概括生命要義的奇妙力量。因此，我們絕不能輕視那些迸現的行動。一個人終其一生專注某個領域是令人尊敬的，並有其受尊敬的根據，那些踐行剎那即永恆的人，則是

4 西鄉隆盛（1828-1877），幕末的薩摩藩武士，為推翻幕府與實現明治維新鞠躬盡瘁的維新三傑之一。維新之後，因為對改革方向的主張不同，屢屢與與政府有所衝突，一八七七年的西南戰爭中被推舉為叛軍首領，最終兵敗自殺，結束不凡的一生。

更具體簡潔地體現著人生真正的價值。

至純的行動和最單純的行動，比起認真的努力，更能直接觸及到人生的價值或永恆的人性問題。一直以來，我經常思考行動與思想、肉體與精神的問題，因此，以下就以「行動學入門」為題，以此來檢視我思考行動的各種思想面向。

軍事行動

在自衛隊當中，「軍」字是個禁忌。譬如，「行軍」一詞，由「行進」代替，根據《和平憲法》，「軍」字全要避開。然而，這是為考慮社會的整體感受，任何人都知道自衛隊即實質上的軍隊。因此，可以毫無禁忌使用「軍事」一詞，成了普通民眾的特權。約莫十年前，人們對於軍事一詞還有所忌諱，但現在，在左翼陣營的學生運動中，隨處可見軍事行動和軍事研究這樣的詞彙。

什麼是軍事行動？它是指有組織性質，帶有一定戰鬥目的展開的行動。但是，未必限於有組織的團體。游擊隊等小部隊展開各種戰鬥行動，每個戰鬥成員都得接受上層組織的指令，因此，從其作為組織一員的作用來看，他們仍然屬於一種軍事行動。軍事行動非常注重指揮系統，下達命令的指揮官和受其指令的成員，若沒有建立縱向的聯絡，就不能稱為軍事行動。而所謂的軍事行動，不可有民主主義社會中的「對話」啦、戰後教育的「快樂來玩耍」啦、「明天之前完成家庭作業」啦，或者「我們一起來做什麼吧」等等這樣的想法。所有事情都出於「執行什麼」的命令，接受命令者必須認真執行被交付的任務。因此，完成任務即軍隊或戰術的基本原則。而關於行動，就會出現「部分與整體的關係」。在此，我想論證軍事行動的問題，以及它們之間的關係。

從這個角度來看，它就不會僅限於軍事行動，這好比編製大型戲劇或電影時，可有效聯結導演和演員的關係，以此類推到大公司經營者與職員之間的關係。不過，公司裡有工會組織，若未能發揮下意上達，即表示它不是完善的民主社會機制，就此而言，將部分與整體及其合縱連橫做到最純粹化的最典型型態的，就屬軍事組織或軍事行動了。

說到一般行動，通常我們都會想像到移動自己的身體。一個人朝某個目標奔去的姿態，即是行動本身的表現，所以，深受學生喜愛的少年雜誌的連環漫畫，總是將所有人物描繪成在奔跑、在搏鬥、翻倒或跳起來的姿態。這些訴諸我們面前的肉體的行動型態，最為樸實無華，因此我們就會立刻聯想到「行動」一詞。然而，從經驗上來說，移動自己身體的時候，我們無法看到身體的全部。換句話說，我們看不到自身以外的整體。從整體的立場來看，講求團隊合作的團體競賽，不會以個人行動為指標。正因為我們看不到整體，所以，在自己受其命令和在指定的行動中全力以赴的時候，肉體行動就能達到最完美的狀態。然而，在這種場合下，如果是集體行動的話，就必須有看透整體的眼力。不過，人的眼力只能看透整體，而無法看出整個身體。這是我被捲入大型示威行動中的感受，一個傑出優異的人，當他不具任何權限參加示威遊行時，他就是個體而不是群體。因此，有過示威遊行經驗的人都知道，當自己被群眾潮流捲入其中時，根本無法看清群眾的動向。那些以個體視為整體行動的人們，就必須以更大的整體為中心目標前進。這個中心的主體代表眼睛與頭腦，但另一方面，它會要求身體做出某種程度的驅動，因為中心點在持續移動的過程中，對整體的統制就會變得更加困難。

這時候，會遇到一個矛盾。那就是我們即將行動和移動自己的身體。然而，要有效地調動行動朝目標前進的話，就要結集各種力量，發揮集體的力量，就必須成為統制整體的行動者。而成為統制整體的行動者，就要減少自身肉體行動的誘發。這樣一來，我們將逐漸失去肉體的主體性，端坐在椅子上，成為指揮不可見的整體（全局）的總司令，象徵著在任何情況下無法置身第一線的眼睛與頭腦。而一開始就行動的人，他們至少會把對於行動的指導、指揮或命令，視為自己的責任；而把它作為執行任務的話，其結果反而會明顯失去肉體的行動性。這有點像奇妙的數學。眾所周知，我們調動自己的身體時，總希望獲得更大的力量，希望力量倍增起來，若能增加十倍、百倍或千倍，就能輕易地完成自己設定的目標。於是，我們就此放大自己擴增力量。問題是，我們的肉體有其限度。這時候，需要依靠智慧或者階級來補充。雖說這會逐漸提高自身行動的素質和增強力量，但越是增大力量，就越會被直接受自身肉體的力量排擠出去。到了最後，我們就會變成身形臃腫、大腹便便的將軍，深埋在安樂椅上，一邊看著工業用的電視，一邊指揮整體作戰。軍事行動未必都像這樣，不，正因為是軍事行動，就必須像一輩子待在蟻穴裡不需工作、不斷產卵、懶洋洋的白肥大蟻后一樣。而這些青年集結靈活的運動神經、強健的肌肉、年輕、活力、熱情、純真……為了追求行動的主體性，不知不覺深陷在權力之中，最後正如行動敏捷的工蟻們不知不覺成為巨大的、奇形怪狀的蟻后那樣。

這裡提到的行動與權力，或者部分與整體，對人而言有時會以矛盾的型態出現。例如一個年輕時擔任小部隊指揮官而死亡的軍人，當他面臨數度展開權限受制的行動，卻毫無成效或徒勞之時，就不得不進而正視自己作為個體存在的無力感了。很多年輕喪命的軍人就是這樣，他們忍受著悔恨，即使心中懷疑激烈戰鬥的最終目的。游擊隊的情況與此稍有不同。游擊隊是小型編制，每個成員都屬於整體的戰鬥者，他們被要求像007詹姆斯・龐德一樣，具有強健的體魄、行動能力、智力、語學能力、通訊、駕駛、使用槍炮，掌握所有軍事技能來展開行動。不過，詹姆斯・龐德行動的範疇，看似全能的英才，正因為如此，其實他受到整個組織的嚴密規範，每個像他那樣的行動者，越要獲得整體性的認同，整個組織就會嚴厲要求他做出近乎反人性的忠誠。在軍事行動中，永遠伴隨著如組織與人之間的矛盾，當我們從軍事行動中突顯各個行動之美時，至少也應當挖掘人在行動中的美好。如此一來，那些精疲力盡僥倖逃過死劫的掌權者，就能學會將年輕死亡的英雄奉為眾人之神加以讚美的這種非人性的技術了。

行動的心理

一般而言，行動是以心理無暇應及的速度進行著。心理狀態只有之前或之後的差別。然而，思考未來和過去是人的特性，而動物是沒有想像力的，但這種不可捉摸的想像力牽制著人的行動。如果神風特攻隊不受想像力困擾的話，那將是一件多麼快樂的事。人的想像力面向未知的將來時，很可能奔向盤踞在未知彼方的「死亡」；當想像力無法深入自己毫無所知的過去時，有時候，它就會沉入人類最黑暗的記憶深處。由此可知，它制約著人的行動，削減人的勇氣，並因此使人躊躇不前，與此同時，它又是給人施加壓力，促成行動與冒險的母體。

在此，我舉一個實例。例如，如果諸君接受操縱直升機的訓練。在這方面，有各式各樣訓練方式，基本上而言，直升機只降落在停機坪上，若非停機坪便很難降落，它必須考慮下方是否為沼澤地帶？是否為茂密的樹林？螺旋槳是否有絆纏樹枝的危險？進一步說，即使下方是停機坪，沒有確認地面狀況，亦不能貿然降落。眾所周知，直升機似乎不是馬上就能垂直飛立起來，它仍需某種程度的滑行和斜飛才能起飛。必須說，在荒野遍地的戰場上，或者打城市巷戰時，直升機強行降落的難度就更高了。於是，直升機的作戰訓練，就必須以無法降落為前提，對乘員進行距離地面二十公尺的直升機滯空懸停降升的訓練。他們依靠繩索，與攀岩的方法相似，主要是用扣環將腰間繩索與下方繩索連結，右手固定在右腰下方，以此來制動調節，左手則輕握長繩做懸垂下降。另外，還有一種方法，如果是將地面上的乘員送上升直機，它就會放下三十公尺長度的繩梯，下方乘員則要抓穩繩梯一端頂著強風的壓力攀爬上去。

不論什麼事情，輕鬆易得的冒險很有吸引力，但當人們必須直面它之際，難免產生抗拒的心理。人們初次做某件事情時，即會在此行動的數個小時之前，在心中對此做各種想像與推想。而這想像力，首先會為自身必須的行動描繪出各種恐怖和不安的畫面。可以確定的是，如果諸君想參加這樣的訓練，大約在三個小時前，有五分鐘左右那由想像力帶來的不安就會席捲而來。那侵襲而來的不安，速度之快令你措手不及，其不可限量的力量，有辦法把你各種未知行動的細節都勾勒出來。二十公尺的高度，以地上建築物來說大約是六、七層樓高，你可以把它想像成七層樓百貨公司的屋頂，從那裡沿著繩索垂降而下，並設想來到堅硬地面可能發生的困難與危險。這時候，保持自身安全只有依靠自己的手腕和握力，而且過度使用蠻力會適得其反，這情形如劍道練習時握住竹刀一樣；垂降者降下時要維持整個身體的平衡，然後以手掌鬆緊有度地調節降下的速度。此外，登上搖晃不已的繩梯時，僅只透過想像是無法知道自身要承受多少強風壓力的，如果是在直升機正下方，大體上我們還可以約略想像強風的壓力，但頂著強風攀爬繩梯是什麼感覺就不得而知了。正因為不知道情況，所以反倒魅惑人心，也正因為不知道情況而給人帶來不安，但這大半反映出行動的心理，以及行動時的惶惑狀態。

因此，我們所說的行動心理，幾乎可以說是加減相抵的想法。對本質上的行動而言，心理因素並不重要，而且我們還可能因為受到某種力量的支持和侵襲，將這種不安狀態化為行動的原動力。仔細想來，心理作用是無法改變身體的，但這徒勞之舉卻能守住身體，進一步強化體魄。這是再明白不過的道理了，當你們進行某種特別的冒險行為，或者進行某種行動的幾個小時前，總會有五分鐘左右遇到這種狀況的襲擊，我概括稱它為行動的心理。

接著，我們終於進入實際演練了。在演練過程中，我們將面臨各種無法預見的狀況。例如，降下的時候，我們要學會左手不撞及機體，叉開雙腳使勁站在機身外，跳躍而下。話說回來，一旦不慎傷了左手，就會太在意跳躍的動作，按住右腰繩索的右手就會變得僵硬起來，使得右手往前伸去，而右手一旦往前伸去，全身就會失去平衡，整個身體被繩索纏住在空中旋轉，最糟糕的情況是，頭部倒栽掉落地面。事實上，我們在訓練塔台預做訓練的時候，已經排除許多心理障礙，漸漸擺脫不安之感。流汗對此有所改善，因為身體流汗發熱時，不安感會隨之解除或消失，行動則要快速回應和解決各種要求。因此，我們不斷對此進行操演，就越能輕鬆掌握從訓練塔台垂降的技巧。

我們終於要進行繩索垂降了。直升機停留在距離地面十五公尺或二十公尺的上空，螺旋槳的強風壓得青草此起彼伏。我們在直升機裡身體背向外面，右手撐住右腰，左手握著左繩，然後微彎膝蓋，像隨時可以向空中飛去似的、雙腳站在機身外側，眼睛看向在機內兩手交叉的教官。教官頓時伸開左右手，大聲喊道「降落」。那喊聲如巨大轟鳴幾乎令人聽不見。霎時，我們越過右肩可以看見地面，張開放鬆的膝蓋準備躍下，接著，兩腳用力一蹬，整個身體在空中擺動；接著，將右手確實固定在右腰下方，而且必須保持輕鬆狀態。這時候，我們已在空中，當你察覺到時已經舒暢快速地降落在地上了。我們完成了這個動作，才短短三、四秒鐘，最多五秒鐘，我們的心防還不致於潰散，從蔚藍天空下的直升機內，輕而易舉地降落在夏草如茵的地上了。在這一刻，我們會露出行動者般的微笑，朝朋友們奔去。

行動的模式

粗略來講，行動分為攻擊性的行動與防禦性的行動。這如同一般團體競技一樣，分為攻擊方和防守方，在軍事戰鬥行動中，有攻擊陣地的傳統戰術，以及防禦陣地的傳統戰術。一般而言，攻擊容易防守困難，以全學聯占據東京大學安田講堂的防禦戰為例，其採取自斷退路的防禦戰術最為下策，因為自斷退路意味著死亡，但從全學聯沒有必死決心卻自斷退路這點來說，這個戰鬥行動有其奇異的特殊性。

通常，攻擊行動講求明快迅速，而且必須有強大後盾支撐。例如，依照國家命令和上級指令展開行動，在一般人看來，最能強化這種行動的，當然就屬以攻擊為首、陣勢鮮明的警察鎮暴隊了。正如上述，很多團體運動競賽當中，分為防守和攻擊雙方，但其中「勉為其難」的成分不多。因為多數的參賽者都是帶著歡快的心情，自動自發地投入運動賽事的。許多參與古代戰爭的人都是這樣。然而，那些不情願參軍打仗、被抓去當兵的、被迫送往戰場的人，都是實施徵兵制度後才有的。它與帝國主義戰爭盛行、凌駕普遍人道主義和道德、充斥赤裸裸國家利己主義的時代不同，戰爭本身總是採取「迫於無奈」的外在形式。

所有的戰爭都採取自衛戰爭的型態，盡可能避免給人以帝國主義戰爭、侵占領土戰爭或爭奪殖民地的印象。自衛戰爭本身包含著「不得已為之」，以及「無可奈何」的想法。而「無可奈何」這種想法有點複雜，因為那種「消極性」隱含著好奇與欲望。當我們提不起勁展開行動時，不禁要問我們真的有那麼消極嗎？

在此，我主要想談談這種提不起勁的和迫於無奈行動的特徵，因為這種行動當中隱含著不可思議的反諷。行動本身帶著強烈的欲望企圖奔向太陽（目的），但正如前述，並非每個人都是充滿喜悅之情奔去的。生物基於自我防衛的本能，一般都會避險化凶。一名年輕武士面向戰場展現昂揚的姿態，是否向世人證明他的勇猛銳氣，但其內心想法是否如此則不得而知。不過，就算我們不推測他的想法，行動有其獨特的邏輯，其「消極性」依然不會善罷干休，最後迫使我們做出無奈的行動來。

正如我們經常觀賞東映製作的黑道電影一樣，鶴田浩二[1]這個演員宛如為了拍攝這種電影而生。在電影劇情中，他屢次遭到敵對陣營流氓的背叛，受盡一切侮辱，忍辱偷生，被自己敬重的老大追殺、被疼愛有加的小弟捅刀，自己組建的幫派甚至被逼至崩潰邊緣，面對諸多蠻橫無理的暴力，最後他只好觸法與之決一死戰。其實，在他內心有著強烈的道德感，不想採取這種行動，希望透過理性的談判解決，但結局是，他衝破普遍人

1　鶴田浩二（1924-1987），日本電影演員、歌手，與高倉健演出多部黑幫電影。

道主義的道德底限，氣沖沖揮著白刃衝進了敵陣，將敵方殺個片甲不留。這是東映黑道電影的模式之一。這種劇情之所以感動觀眾，是因為它可以讓我們沉浸在這種快感之中：那些我們日常生活中的道德、顧慮，以及對社會的妥協，在這一瞬間，全變成無意義之物了。

儘管如此，我們不能容忍它一開始就是毫無意義的。我們生活在毗鄰而居的社會裡，彼此盡可能不要發生衝突，衡量彼此的利害關係，快樂的生活。問題是，我們內心總是受到道德感的壓抑，尤其長期生活在民主政治體制下，人們就會因沒有戰鬥力與行動力感到苦惱，擔心這壓抑的欲望與日常的道德發生衝突和齟齬，害怕失之偏頗，希望兩者兼得。然而，捨去其一時，他仍然想保有「總是迫於無奈」的位置，因為只有在第三者認同的「總是迫於無奈」的狀況下，這種想法才能成立。沒有得到大家的同情與支持而犯法，一般人是不能接受的。電影觀眾多半是一般人，在一個半小時的電影中，如果有一個小時，反覆出現主角受盡委屈，他們就會發出：「啊，這是情非得已的事。就算這樣打破社會日常生活的道德底限，也是情有可原呀！」的感嘆，而加以認同。觀眾可以接受的時候，等於主角置身於萬眾同情之中，因為主角的行動得到最大程度的容許，其暴力行動就成了一種正義。雖然這是向觀眾宣示的固定模式，但當觀眾進入鶴田浩二飾演的角色中，暴力便以其本質噴薄而出了。因為他首先就不是弱勢的人，全身充滿著這種暴力，只不過他對此控制得宜罷了。

不能自我克制者在行動時，只能以狂亂的暴徒行動，無法得到大家的接受。行動者因其受到打壓和欺凌，迫於無奈暴力自衛的時候，最能抓住廣眾的人氣。這樣一來，一個人的暴力行動，即成了幾萬人、幾十萬人和幾百萬人的渴求和代理行為，而且，它以一種「正義」的型態具體地顯現出來。

反過來說，革命家就是採取這種戰術。革命家經常打出「迫於無奈挺身而起」的姿態，來突顯其自身最為正義的根據。因此，他們必須在沒有被壓抑的地方製造被壓抑，在沒有被鎮壓的地方製造被鎮壓，編造出不得已奮然反抗的事態來。

三派全學聯的行動或者是承襲全共鬥的行動模式，原本就是以激進的方式推進的。換句話說，他們不斷要求鎮暴警察介入，擺出隨時與代表國家暴力的鎮暴警察正面衝突的態勢，以此突顯權力的本質，並將此鎮壓的根源曝露在國民的面前，強化他們與國家暴力對抗的正當性基礎，其實這帶有明顯操縱輿論的痕跡。所以，嘲諷地說，他們最在乎的是孤獨而正義的行動及輿論。

然而，操作這樣的行動必須順乎自然、符合人情事理，而這正是最難的地方。我們必須自然地支持輿論。所以，像全共鬥強行將鎮暴警察扯進來，硬要突顯國家權力本質的做法，不過是一種刻意而為的戰術罷了，因為群眾對於這刻意操作的計謀是不會買單的。

行動的效果

我是個熱衷示威遊行的人，一九六九年一〇・二一[1]出現群眾示威遊行時，傍晚時分我戴上頭盔就趕往了新宿。

與一九六八年的一〇・二一相比，這次新宿車站東口的管制嚴厲得多，東口附近幾乎看不到群眾聚集的身影。東口附近一片空盪盪，商店街被封鎖，大樓門口降下鐵捲門，彷彿無人地帶瀰漫著可怕的氛圍。那裡是鎮暴警察自恃又易被趁虛而入的地帶。其實，要進出那裡並不困難，但是

1　一九六八年十月二十一日，大量群眾與激進學生湧入新宿車站示威，他們占領新宿車站、癱瘓交通，以表達他們對日本政府支持美國領導的越南戰爭的不滿。一年後的一九六九年十月二十一日國際反戰日，亦有新左翼學生數百人衝入新宿車站進行示威抗議。

採取游擊打法的人，不會潛入鎮暴警察背後的地帶，從背後加以偷襲。按照游擊隊的鐵律，脫離群眾個人擅自行動，最後他只會無處可逃，而且，警方已算計到這一點，再怎麼輕易進入的地帶，他們亦不會貿然闖入。

我在彌漫催淚瓦斯的廣場上毫無目的地徘徊了一會兒，發現媒體記者的照相機架在西口高架的鐵橋上，我直覺那裡是絕佳的位置。

為什麼游擊隊員不到鐵路上來？其實，從鐵軌路段較低臨近大久保車站的地方，是可以任意上來的，但警方於一兩個小時前已在鐵路上嚴格管制示威者，認為他們沒有攻上來的勇氣。夜間國營鐵路已經停駛，鐵路四周顯得格外荒涼。在天空欲雨的風中，示威者三五成群聚集著，穿戴黑色頭盔戰鬥服的鎮暴部隊在黑暗中若隱若現。除了無言的群眾剪影之外，只有映著灰光的鐵軌虛無地伸向遠方。

走在沒有火車行駛的鐵軌上，有著孩子般的喜悅。我好不容易在西口的鐵橋上、平時只供鐵路維修工人通行的棧橋上，找到了一個不錯的觀眾席。那時候，鎮暴部隊剛好移動至往東口方面迂回寬廣坡道的半途上。那裡有一輛高壓噴水車和兩三台類似的裝甲車，列隊的鎮暴部隊人數反而很少。我在鐵橋上看見一撥三十人或五十人左右零星的游擊隊，正穿過天橋下走來。他們朝鎮暴部隊一丟擲石塊立刻後退，拆掉附近建築工地的鐵板將它搬走，其動作像窘困的工蟻。游擊隊人數不多，但轉眼間又群聚了起來，遇到危險旋即一哄而散。當鎮暴部隊暫時按兵不動，示威群眾如經常被父親怒斥的調皮小孩，趁父親疲累打盹之際，朝其鼻孔偷塞細繩紙一樣，又不動聲色群聚起來，立即拿著現成的材料在往東口的坡道上築起了路障。或許，這「群體意識」構建所謂的路障時，一開始並沒有背負任務的意識，一旦接受指派的目的，他們旋即同心合力、動作協調地搬運器材，很快就築起了勉強可用的路障。他們帶來縱火用點燃的汽油瓶，若不是天雨因素而熄滅的話，想必他們會像烈焰沖天那樣迅速地展開作業。

這時候，有一個行狀瘋狂的年輕男子。他獨自朝距離鎮暴部隊與路障之間約莫三十多公尺的地方走去。大家都在期待他走到鎮暴部隊附近要做什麼，但頓時他就被高壓水柱擊退，落荒而逃了。他回到路障內，親切的戰友立刻為他顫慄的身體套上衣服，他穿上衣服仿傚黑道電影主角豪氣干雲的高倉健那樣，再次越過路障逼近鎮暴部隊，但一下子，他又被高壓水柱噴掃得倒在路上。他的行動看似毫無意義，但顯然是受到一種英雄主義的驅使。在這段時間，鎮暴部隊朝各處的路障發射了催淚彈。一個男子遭催淚彈打中腿部，夥伴們迅即將這負傷者抬至遠處。此時，高壓噴水車突然逼近，朝趴伏在商店街的群眾，噴灑摻有催淚瓦斯的水柱，霎時，那些被水炮驅散的群眾，無不露出驚恐萬分的神情，群體意志再次受到考驗。

示威者構築的路障，很快就被等候最佳時機出動的鎮暴部隊破壞了。鎮暴部隊在催淚瓦斯隊伍的援護下，一下子工夫，便將路障的器材清理到道路兩旁了。示威者扔了一個汽油彈，但最後沒有燃燒起來。那天晚上，雙方決戰舞台逐漸移至西口，卻不見他們與鎮暴部隊交戰，倒是有個商店街的大叔提著一桶水，朝一名游擊隊員的頭上澆了上去；接著，游擊隊又群集出動，這次，一個大嬸走出來勇敢的抗議，但也看到游擊隊落魄頹然離去的身影。從游擊隊進攻的流動性和集結分散的快速反應，與之前相比，顯然經過精實的訓練，而另一方面，他們卻變得怯懦回避衝突，僅只虛張聲勢地局限在一個戰局中，這令人看得焦灼不已，不斷重複的攻防戰若沒有激烈的衝突場面，它永遠只是一場「假戰」罷了。

我一面觀看這一場面，一面思考行動的正反兩面效果，以及群體行動與個別行動的差異。一個人有極佳領導統御能力，可以使群體心理發揮比平常數倍的力量來，相反的，沒有領導能力的牽引，就會成為一盤散沙。也就是說，群體行動必須要有個人來主導。所謂個人的領導統御，並非紙上計畫或在遠端下指令，正如偶然來了一隊戴頭盔的中核派[2]成員，示威

2 中核派，指日本革命共產主義者同盟，意識型態上屬於共產主義。

群眾在其帶領下做出激烈行動那樣，群眾有著盲目的衝動心理，正等著某個領袖的領導，將他們帶往一定的方向。

此外，正如那個模仿高倉健而單獨行動的青年，其行動目的在於向群眾證明自己的勇氣，其實這毫無意義，只是虛榮心的表現，而且其虛妄的「英雄行動」背後，並沒有得到群眾的支持與推進。簡要地說，游擊戰的關鍵在於，必須有個百折不撓、不惜犧牲生命的領袖帶頭指揮，引領著散沙般的群眾，給予其信心和勇氣，使其發揮最大的力量，完成既定的政治目的。

如果個人的領導力不夠凝聚，那麼群眾的力量就會分崩離析。古今游擊戰的歷史告訴我們，游擊戰自身即要求個別領袖必須有堅韌的意志力，而且還必須得到群眾的支持。祕密組織本身也是，他們從意識強烈、色彩鮮明的領導階層，到平淡無奇的末端之間，若缺乏細緻綿密的連貫協作就不能成功運作。進一步說，游擊戰的領導者捨命的同時，其行動特色在於對戰友同志不濫情，對敵人要心狠手辣，為達目的不擇手段，所謂「卑鄙的戰爭」即其最高的體現。

然而，我所觀察一〇・二一的「所謂游擊戰」，總覺得那場游擊戰並沒有擺脫「所謂」一詞的局限，因為他們從一開始就放棄決定性的效應，而是透過製造恐慌狀態向社會大眾宣傳。簡單講，他們大概認為，只要透過電視和新聞媒體傳播，就是包含上述狀態的「效應」了。反言之，假如報紙和電視完全不予報導，他們才會從其完全的頓挫中清醒過來。在我看來，他們若不能徹底認清這個無效的頓挫，就無法展開游擊戰了。如果，他們零散行動又囿限在「假戰遊戲」中，新聞媒體不加以報導，那麼他們就會自陷於不得不重頭調整戰術的困境了。

事實上，那時所謂真正有效的行動，就是敢於自我捨命，採取極端手段的恐怖主義了。問題是，當我們想到自己與死亡為鄰、考慮到個人利害得失時，就裹足不前了，所以，要謀取政治上的效應，首先就必須超越個人的得失。要獲得超個人效應的個人，只能向自我犧牲求取了，如果不能取得政治上的效應，只能說以前所有的效應都沒有發生作用。

不過，這裡存在一個似是而非的論點，我們覺悟到盡皆徒勞卻展開行動，或許是沒有發現真正的政治效應，而我們認為一〇・二一的示威行動沒有取得政治效應，是因為他們相信該行動仍可得到某種效應的。

我認為，純粹行動的本質在於，徹底使之無效的同時它即產生效應，那裡面存在正義運動的反政治性，應該與「政治」做徹底的斷絕。所謂的政治效應，即以最低成本獲取最大利益。例如，自民黨利用雙口相聲和酒店女郎宣傳警政治安，並毫不遺漏地利用各種手段動員電視和新聞媒體，將微不足道的或自視崇高的政治成果，集結成一個引人矚目的大水池，再以其政治效應來評價所有的政績。因此，依我看，純粹性的行動乃至正義運動都應該站在這種政治的對立面。

行動與待機

實際參與行動的人都知道，行動的經驗並非人們所認為的緊迫不斷接連憂慮不安的狀態。航海也有危險性，人們必須忍受船上漫長而單調乏味的日子，直到突然遭到暴風雨的襲擊時，才算真正認識危險。這種情況與我們的人生很相似，真正的危險如同尚未瀕臨最危急而在火山上跳舞的人群一樣，他們仍然在原地跳舞、踩踏隨時會噴湧而出的岩漿。從這個意義來說，冒險的行動與人生一樣，它以壓縮的形式，將無聊單調和日常生活全部囊括其中。

然而，它與人生不同之處在於，行動有一定的目的性，而且有其盡可能抵抗命運作用的意志和目的性，它朝這個目的準備，伺機而動的期間很長。我曾聽一名獵人說，他決心在山麓伏擊山豬，但山豬自山上現身來到山腰處卻要四、五個小時。他說，待機埋伏時的煎熬超乎人們的想像，因為從獵物出現到近在咫尺，這段時間我們有著各種期待，手指搭著扳機卻不能扣下扳機。在伺機而動的時間裡，行動的有效性更加集中了。如果不重視這個有效性，便向四面八方胡亂開槍的話，即使槍法拙劣、子彈打得夠多，還是可以打中山豬的。事實上，在山豬要害給予致命一擊，才是獵人的自豪與目標。正因如此，才需要待機而動。我們要一發子彈決勝負，就要拉長待機的時間。反之，不以這種方式一決勝負的話，不苦守待機也行。只是，對行動本身而言，它就會變成自我欺瞞和自我設限了。不想一顆子彈決勝負，又不想堅忍苦守，不斷重複這種行動，其每個行動力就會減弱下來，最後變得更加弱化，全身積聚的動能瞬間爆發開來，最後變成零星散狀失去效果。也就是說，待機在於專注焦點，提高時間的有效性。

正如一個女性在廚房熬煮大豆，儘管鍋蓋響動著，在它沒有熬熟之前，是不能揭開蓋子的，這跟需要慢火熬煮一定時間才能做出美味佳餚的道理一樣。

待機與行動中的「機」，有著深切的連結。所謂的「機」，即凝聚歸納、發揮最高的有效性，正因如此，它以實質賭注的形式顯現出來。所謂的賭注是全力以赴的行為，持有百萬圓的人，只能賭上他的百萬圓，但不能體現賭注的精神。零敲碎打的賭注，不能稱為賭注。所以，在傾其全力押上賭注的當下，必須等待時機成熟，將行動和意志醞釀到最高的狀態。而在此之前的行動，幾乎就是「忍耐」的同義詞了。

在我們的歷史中，有一個典型的行動家，就是那須與一[1]，當他拉弓瞄準（平家女子在船頭揮舞的）扇子中心時，就此出現在歷史的潮流中，

1 那須與一（1169?-1189），日本平安時代源氏的武將，他於屋島之戰時因神乎其技的弓術而名留後世。據說當時平家為打擊源氏的士氣，故意派出一艘小船，載著貌若天仙的少女，站在船頭揮舞一把金色小扇，挑釁源義經的軍隊，結果被那須與一用一箭射中，源軍士氣大振。

接著，他取響箭搭在弦上，拉開弓嗖地射了出去，射中了扇子中心之際，他再次隱沒在歷史的浪濤中，再也不曾出現我們的視野裡。在整個人生中，他射中扇子中心的瞬間，僅只是漫長人生中的剎那，但其人生的精髓全凝聚於此，並在那裡消失。不用說，好箭法必須持續鍛煉，有耐性和善於等待時機。若非如此，那須與一就不可能從吞沒我們的歷史潮流中露出頭來，在千年之後贏得人們的重視。

綜觀一九六九年十一月十七日以後的社會情勢，從全共鬥（學運風潮）到激進派的運動，似乎已經走到了盡頭。他們高唱決戰七〇年代，運動進程卻不斷往前挪移，大喊在十一月決戰，結果推前至十月二十一日和四月二十八日。他們出於年輕人的本能衝動採取不容等待暴發的形式展開了行動，當然，此舉的行動顯示出他們執行管控能力不足，讓人覺得執行部本身逐漸失去耐性，不想待機而動。正因如此，警察機關早已預料到，甚至為了盡快收拾事態，警方加大力道刺激學生暴衝。在警方的策略中，示威者越不想待機而動，其動能就會相對減弱，而且他們越是反覆展開這種行動，造成社會不安的因素反而會降低，群體行動一旦失去熱情，警方就更容易收拾他們了。如果有個警察跑得夠快，逮住一名示威者的話，那麼其他大半同黨夥伴也能抓住。我們在全學聯或者赤軍旅[2]的行動中，看不到那種井然有序伺機而動、直到最後一刻，毫無預警地衝鋒陷陣的可怖氣勢。

我們從警方在大菩薩嶺[3]抓捕赤軍旅的情況可以得知，他們使用軍事用語七零八落，輕視步兵最基礎的訓練。這些基礎訓練包括：夜哨、立哨，以及巡邏哨。假若有人把爆裂物帶進屋裡，這時正巧在召開作戰會議，他們卻沒有夜哨、立哨和巡邏哨，這顯示出他們觀念與行動間的巨大

2 赤軍旅，日本極左派武裝組織，曾被美國國務院認定為國際恐怖組織之一。

3 大菩薩嶺，位於山梨縣東北部，海拔一千八百九十七公尺。

落差，也再次讓我們體認到語言與行動的隔閡。所以，憑藉語言鼓舞自我存在著危險性。當他們說「一起死於十一月」的時候，越是以那句話來激勵自己，就越跟不上實際行動。行動如同獵犬出動，訓練有素的獵犬，看懂主人的指令，立刻就能確實行動，逮住獵物回來。但不合格的獵犬，即使主人斥喝好言激勵，牠卻膽怯放低屁股，不依從主人的指揮。

漫長時間伺機而動與語言不同。正如行動與語言的背離使其行動失敗那樣，僅以語言和觀念忍耐待機的人，必然要失敗。坐禪最能說明其間的情況，必須好幾個小時面壁打坐的人，其精神狀態能徹底壓制人的執念與行動，並從中鍛鍊出抵達人生哲理的精神韌性。正如行動不同於語言那樣，待機而動更不是空口白話，因為它只是人生中單調乏味、苦悶不已的時間而已。石原愼太郎[4]有一部題為〈伏擊〉的短篇小說，它描寫一個美國士兵為防備越共分子攻勢伏擊的故事。在這部小說中，有對美國士兵在越南叢林的黑暗中，陷入死亡恐懼等各種心理變化的描寫。如果，他反攻為守的話，說不定可以獲勝。但是，他在伏擊這段時間處於被動如幼兒的不安與孤獨。的確，我們行動時可以帶動勇氣，但處於被動狀態下要保有那份勇氣就不容易了。話說回來，正因為在死亡恐懼的黑暗中，有繼續等待的勇氣，而對行動而言，勇氣才是關鍵所在。我們可以自由想像一個時代的黑暗面和光明面，但只要思考其中何謂真正的勇氣，我們就能明白應該採取什麼樣的行動了。

4 石原慎太郎（1932-2022），於一橋大學在學期間寫作《太陽的季節》而獲芥川賞，從此開始作家生涯。後從政，前後四次當選東京都知事，於政務之餘不忘文學創作。

行動計畫

從真正的意義來說，行動有無計畫性都是大問題。在社會上，很多人不知道，自己在一個小時後會有什麼行動。所以，有些人的人生態度是，他原本很想與朋友約定什麼，卻又盡量淡化約定，因為他不知道接下來該做什麼，因而順其偶然行事。於是，這些人卻被當成富有行動力的人。然而，有巨大成效的行動，必須有縝密的計畫為前提，我們從三億圓失竊案[1]中可以容易地推測，這起案件是經過周全的計畫才行動的。當然，在很多情況下，行動必須有伙伴配合。對方若是盟友可能參與行動，但對方亦可能暗中破壞你的計畫。「敵方」即最糟糕的對手了，這時候，就要採取美式戰術若干分析敵方可能的行動，以消去法逐一排除，鎖定敵方最有可能的行動，然後對其綿密地擬定作戰計畫。話說回來，儘管這是合理的作戰計畫，但對方若有與自己同等的智力或邏輯構造，還不成問題，若碰到敵方是外星人或越共分子，亦即與美國人的生活情感與邏輯架構截然不同的人，此計畫往往要失敗以終。

計畫不可能百分百周密，行動不保證百分百成功，但它總有百分之幾十的可行性。每個人都有自己的行動模式。例如，有人去公司之前必定來到香菸攤前購買香菸，這樣一來，他大概知道買香菸所需的時間，而這就決定他的行動模式。情報的功能還在於蒐集對手的行動模式。

前一陣子，我去了一趟韓國，聽到一則消息，北朝鮮間諜在漢城（現今首爾）市內是如何敗露行蹤的。購買香菸就是最佳例證。我們都知道一

1 三億圓失竊案，一九六八年十二月十日發生在東京都府中市的現金搶劫案，是日本迄今為止被盜金額最大的案件，至今犯人尚未捕獲，此案已經過了追訴期，犯人作案手法巧妙成為日本歷史上最神祕的案件之一。

盒和平牌香菸售價五十圓，所以不會有人還問「和平牌一盒多少錢」，北朝鮮間諜一問香菸的售價，其實就自露馬腳了。另外，他也會因不知道香菸售價忘記要找零錢而敗露身分。從南韓的角度而言，這個間諜是來探查情報的，但站在對方的立場，卻是情報蒐集不足。在這一點上，北朝鮮情報單位似乎有所猶豫，是否要將韓國的社會實情告知他們的間諜。例如，北朝鮮的間諜教育訓練是非常嚴格的，每個諜報員都接受過極度嚴酷的肉體與精神考驗，並且以勇猛作風著稱。問題是，如果讓間諜知道太多有關韓國的經濟情況，可能遭來反效果，因為這難保他們不會就此奔逃南韓。因此，就此看來，北朝鮮間諜教育要做到拿捏得宜是很不容易的。北朝鮮拚命向自己的間諜灌輸南韓的經濟有多麼糟糕，例如韓國的鄉鎮防衛隊是打赤腳，而且只持有木槍等等。然而，有一北朝鮮間諜潛入南韓之後，親眼看見穿著迷彩服和軍靴、手持短槍且射擊技能頗佳的鄉鎮防衛隊員而大為吃驚。或許，這與其說是情報不足，不如說是北朝鮮利用其游擊隊和間諜活動作為政治效果的嚴酷命令，刻意給游擊隊員錯誤情報。這樣一來，潛入的游擊隊士兵，受命全部自決的話，就不會留下證據，北朝鮮當局還能向世界各國宣稱「他們是因韓國內部人民起義遭到鎮壓被殺死的」。

所謂的計畫，即自己與敵方越短兵相接就越需縝密擬定，其嚴謹的程度大概僅次於「突擊」計畫。在各種對敵行動當中，包括從後方給予訊息干擾，毋寧說，其計畫包括訊息戰，因此計畫與行動的臨界點就屬步兵的突擊了。通常，突擊用於攻擊陣地，距離該陣地五十公尺處開始行動。這時候，支援突擊的戰友必須停止炮火攻擊，否則步兵就無法順利進行突擊。當步兵接近五十公尺時，首輪炮轟敵方陣地的支援攻擊大概也會停下來，因此戰友士兵就不怕炮彈落下而能展開突擊的態勢了。然而，最後五十公尺依然是問題所在。因為支援的射擊一旦停止，突擊的士兵就必須如履薄冰似地逼近陣地，從五十公尺縮至四十九公尺、再縮至四十八公尺……。不用說，一個人背著三十五公斤的重裝備，以十三秒鐘跑完一百公尺是何等狀況。假定二十秒可以跑完一百公尺，那麼五十公尺的二分之一也得花上十秒。但是十秒太遲了。換句話說，你必須把十秒縮短至五秒或五秒以下。然而，縮短至五秒以下，支援的炮火就不能停止，其炮彈會落在突擊士兵（戰友）的頭上。如何瞄準這最後五十公尺的空白，即步兵戰術中最奧祕、最大的爭論點。

雖然我沒有實戰經驗，但我認為不能以常規方法突破它，只能憑靠人的強大意志，像上述提及的美式戰術，中隊長只靠腰間一把手槍上陣，終究是無法成事的。依我看，要突破那五十公尺的險境，只能仰仗日本刀之力了。從揮舉日本刀進行突擊的精神面來說，它正告訴我們要打破合理性的考量與執行計畫的困難，只能依靠非理性的意志力了。所謂行動計畫即要做到最極致的合理性，並必須以某種非理性的力量來突破，而這不就是行動的基本原理嗎？而且，在這當中，偶然因素和偶發性經常扮演著神祕的作用。難怪那些有行動力的人多半是方術信行或神祕主義者。當然自己超越了僅以理性考量無法克服的事情時，他就會認為這出於偶然性或者拜某種神祕的力量所賜。這個偶然性又與行動伴隨而來。那些超乎人類智力的奇妙的偶然性，都是在行動最後的瞬間降臨的。

前一陣子，韓國發生了北朝鮮間諜挾持機組員連同乘客帶回北朝鮮的劫機事件[2]。這起劫機事件發生在十二月十一日下午，一架大韓航空國內航班從東海岸（江陵）飛往漢城。事實上，前天十二月十日，我剛從東海岸返回漢城。登機之前，所有乘客都受到嚴格的搜身，檢查有否攜帶武器，每個人的衣服上下口袋都被搜了一遍。有消息指出，一名北朝鮮間諜穿著准將軍服，佯裝成軍中要人攜帶武器而逃過了搜身檢查。雖然我所相信的偶然性並不等於行動的偶然性，不過，我提前一天搭乘那個航班，至少可避免被挾持至北朝鮮的危險。我之所以逃過此劫並非什麼必然性，而

2 為大韓航空YS-11劫機事件，發生在一九六九年十二月十一日，機上載有四名機組人員和四十六名乘客，兩個月後，三十九名乘客被送回韓國，但機組人員和七名乘客至今下落不明。

且十年前從未發生過劫機事件。那時，我探訪了東海岸游擊隊的區域，視察了他們武裝入侵的地點，但從未想過那兩個間諜竟然在起飛不久就劫機了。一個計畫有盲點，人心就有死角。向這個盲點挑戰就介於行動與計畫的臨界點，正因如此，這亦是有趣之處。

行動之美

通常，美被認為是普遍的客體。

女人等同於美麗的性。這是因為女性被當作對象來愛，她們的美麗被男性的性慾所欣賞。

美從來不與主體性有所糾葛。自戀是透過以自我為客體的雙重操縱對美的把握，但自我成為客體這一事實並未改變。

然而，行動終究是主體性的存在。所謂行動即憑著自己的力量，劃出一定的軌跡、全力衝向目標的一種形式，這情形猶如一隻奔跑的鹿一樣，鹿身再怎麼美麗，牠也感受不到自身之美，或許，事實是人們沒有時間去感受自己的美麗。可以說，美只有在無法感受自身之美的情況下，才會以最為純粹的形式出現。所以，柏拉圖[1]才說：「美是快的、越快越美！」歌德[2]在《浮士德》中也說：「美好的事物，請稍留片刻啊！」可以說，美好的事物即轉瞬即逝的現象。而且，那種轉瞬即逝的美，被當成一個永遠存在的客體本身就是一個虛構，它是脫離現實自我編造的美術品。

那麼，什麼是行動之美？正如前述，行動之美本身就是一種矛盾。男人始終不接受自身作為客體的存在，因此，當他變得壯美的時候，它就必須保持完全沒察覺到自身之美的狀態。在行動中剎那而逝的美，彷彿電流般穿過自己的身體一樣，一般自身是很難察覺到的。然而，美的奇妙在於，如果有第三者發現它，那麼美就會成為他終生難忘的映像。有關行動與軍士作戰的悲壯之美，在希臘的敘事詩與日本的戰爭故事都有詳細的描寫。這些文本將眼見可怖的慘烈的戰爭中，每個廝殺行動中轉瞬即逝的美的閃光永遠地流傳下來。在日本武士道中，還保留著這些美的型態。例如，居合道與劍道就是。現在它們被當成一種運動，但居合道中在恰當時機拔出日本刀時的「握刀」態勢，即男人最感自豪的時刻。在那當下，他的左手將刀鞘猛地向左打開，右手握住刀柄，拔刀之後，身手矯健地斬殺對手時，其行雲流水般的動作，自然讓人想起最能體現古代戰士的劈斬之美。此外，在劍道中，劍士的背後立姿是重要的指標，如果那個劍士背後立姿極其英挺，表示他的劍道已達高深境界，上下身姿保持端正，進退步伐自如有度，在這一瞬間，他展現出斬殺行動中的緊繃與凝重氣氛。

從體育界進入實際的戰鬥訓練領域，其訓練方法亦極為類似，即不斷反覆進行訓練。體育訓練或作戰訓練都是如此，例如訓練者必須保持高度的緊張感，這個訓練的目的在於，讓訓練者習慣高強度的緊張狀態，當實

---

1 柏拉圖（Plato, 427-347B.C.），古希臘哲學家，對西方哲學影響深遠，也是開始明確將「哲學」這一學科和其他知識區別開來的人。

2 歌德（Johann Wolfgang Von Goethe, 1749-1832），德國最偉大的詩人，也是卓越的劇作家、思想家、科學家。歌德晚年的創作極其豐富，在生命的最後幾年，完成了耗費數十年心血的不朽名作《浮士德》。

際面臨危急情況時，他們就能保持沉著冷靜。空降兵團的機門跳傘摸擬訓練即例證之一。傘兵部隊的隊員在跳傘之前，會在機內排成一列縱隊，依序走到機門時，一面目測每個隊員跳下的時間，自喊一二三之後，左腳半踏出機身外面，縮起右腳，兩手撐著機身，然後做出縱身跳下的動作。從我的角度看這訓練，那個模擬訓練用的機門，只是距離地面十五公分左右、普通的一扇木門，但看得出來，每個傘兵面對那道木門作勢躍下之際，都處在高度緊張狀態中。在那一刻，那個指導我的教官似乎自豪地說：「瞧，我的眼神多麼美啊！」他的眼神之美，是凝視自我精神所在散發出來的。所以，在空降模擬訓練中，果斷地把握跳傘時機相當重要，在降落傘落下數秒後，向空中豁出去，因為跳傘前一刻必須果斷迅速，不得有任何猶豫。我認為，這個決斷在其行動中占有重要的因素。

集體訓練雖然有多數優勢，但每個成員終其最後還是得獨自面對最深的孤獨，消除各自的不安與恐懼，所以，在這一瞬間出現的行動之美與孤獨有所關聯。因此，行動中的美……孤獨、緊張，以及悲壯感等，都取決於與外部力量無法介入的純粹的個人決斷。而依附於他人、毫無責任和不徹底的妥協，不可能產生行動之美。無論運動比賽或集體競技，只有個人發揮最大責任時，那種美才會顯現出來。的確，男性之美只能源於自身的悲劇性，但它與行動最終只得拚命而為的瞬間相聯結著。在男人的知性與肉體中，為知性賭命而為的情形極其稀少，說知性可到達美的境地更是不可想像。

然而，行動方式之美與行動本身之美，概念相似卻有所差異。正如人們經常批評的那樣，日本人暴發戶在東南亞的花錢方式引起了當地人反彈，日本貿易公司因惡性競爭搞東捻西，不斷爆出各種醜聞事件，當今「醜陋的美國人」變成「醜陋的日本人」的批評聲浪一波比一波高。不過，我們把他們每一個人當成個體看待，即使他們穿著體面的西裝，顯得派頭十足、多麼紳士作風，但當他們做出醜陋的行動時，我們仍會稱此行為是醜惡的，因為行動方式包含許多內在的因素，美不僅表現在形式上，它還受到內在精神的影響。

之前有這樣的流傳：一個月圓高亮的晚上，在澳洲海域上，一艘特殊潛艦與敵艦快要衝突時浮出了海面，它立刻遭到敵方猛烈齊發的炮擊，一名日本軍官手持日本刀，打開廚房與餐廳之間的通道衝了出來，但是他沒來得及揮舞日本刀就身中數彈身亡了。在這種情況下，他展開的行動，其型態之美，與月光、浪漫的情景和悲壯感，都跟他行動本身的內在之美是完全相符的。不過，別說人一生中難得有這樣一次整全之美，在歷史上也很少見。那些為一群流氓闖入東映電影公司打人而拍手喝采的青年們，是為了追求暴力之美而拍手的，雖然流氓闖入打砸的事件少之又少，但如果那些流氓不斷出現在每晚播映兩次的電影裡，在一兩個小時內，他們就得死亡兩次。

大眾娛樂的基本原理在於「可以重複出現關鍵的瞬間」，所以，上述譬喻都是虛構的。上一代的松本幸四郎，在其歌舞伎表演生涯中，劇目《勸進帳》在那個月份至少表演過一千五次。或許，《葉隱》[3]的作者輕蔑表演藝術，正是出於這個緣故。武士輕視所有的表演藝術，只認同能劇，是因為原則上能劇只公演一次，而能劇演員聚集精力，就為了僅只一次的實際行動（演出），如果說，行動之美只能在永不重複的事物中找到，那麼它就和煙火一樣。問題是，在虛幻不定的人生中，誰能保有比煙火更燦爛的剎那即永恆呢？

3《葉隱》為日本武士道精神的原典，不僅是一部武士修養書，也是近古日本特殊社會型態「武士社會」的文化精神史書，作者為江戶時代武士山本常朝（1659-1719）。

行動與團體

在當今所謂的大眾社會裡，一群人比個人做任何事情似乎更有效。例如拿著飯勺的家庭主婦們，其目的在於藉由反抗家中獨掌飯勺的丈夫行為，並以此擴大號召到數萬支飯勺的集體行動，向社會施加壓力。十個人勝過一個人，一百個人勝過十個人，一千個人勝過一百個人，這是大眾社會的鐵律。力量總是以人數來衡量的，而軍事力量就靠多數。然而，也有鐵錚錚的規律指出，人數增加則行動的熱情會降低，人數減少則行動的熱情會上升。例如，恐怖主義行動就是。游擊隊多半是小團隊，在這個小組中，人數並不重要，比起人數，他們每個人被要求發揮個人能力、堅定的意志力和對團體的凝聚力。在這裡，集體與凝聚力之間的問題形成鮮明的對比。

如果，有一大型團隊內部極為團結，他們就能展現可怕的行動力。民青[1]受到人們厭惡的原因在於，他們是一個遵從黨的規則，在鐵的紀律下團結起來的戰鬥團體，令人感到畏懼。最近，像創價學會[2]遭到批判也是，姑且不說創價學會的行動目標，其會員們喪失個人特性，安排那種特別的團體表演，如幾百隻螞蟻一樣，在一領袖的命令下，朝同個方向奮勇前進，正是這種集體性的可怕之處。然而，從真正的意義上來說，像這樣一個龐大、有高度凝聚力的群體，此種行為實在令人匪夷所思。如果我們親手組成一個小團體的話，那麼就可以真實感受到，其實小團體本身就有很強的凝聚力，但要將他們牢牢團結起來是何其困難。

1 民青，日本民主青年同盟，成立於一九二三年年四月五日，和日本共產黨關係密切，被視作日本共產黨的青年側翼。

2 創價學會，日本的佛教系新興宗教團體，信奉妙法蓮華經，成立於一九三〇年。

我們每個人的心理狀態、出身背景和成長環境不同，要往同一理念前進時，行動太激烈的當下會出現團結的傾向，但該行動稍一停滯，很快又會潰散掉。與此同理，剛開始每個行動者即使稍有膽怯，都能在集體形式中得到勇氣，只是那勇氣一脫離集體，旋即就會垮塌下來。全學聯也面臨這種問題，他們的成員一個個被切割出去，受到公眾的責難時，他們卻毫無作為。以全學聯襲擊防衛廳為例，有個成員落單在牆外，當時那個落單者幾乎只能孤軍奮戰，而這些場景都看在公眾的眼裡。因此，要求集體中的每一個人，具有如007情報員單槍匹馬、個人英雄式行動的果決與能力是不可能的。007是情報人員，其行動範圍有限，若參與游擊隊和探取情報、以剃刀抵住別人咽喉等危險任務，他會被要求需要高度的團結意志和同志情誼。譬如，有個同志任務失敗被捕、未脫離嫌疑時，在他人面前受到嚴刑拷打或殺害，而那個身分尚未敗露的同志必須要漠然以對，否則就算沒有達成自身任務。而這種反抗運動同志般的強烈內聚力，只能從小團隊中尋找。

我們每個人若被孤立是非常脆弱的。相反的，每個人被賦予重責大任時，精神可以變得更強，但與此同時，他無論如何都得與自身行動的孤立狀態的恐懼搏鬥，因為沒有人看見他的行動，沒有為他的行動讚賞，他必須面對這種黑暗的深淵。那種憑靠個人強烈意志實現「雖千萬人吾往矣」的行動，其實內心期待著在他面前有千萬人在觀看其轟轟烈烈的個人行動。勇敢或勇氣這種東西，會因公眾關注得到保障（鞏固），日本人尤其在意他人的看法，有公眾的關注會激發出更多的勇氣來。不過，公眾是一個模棱兩可的存在，未必都會給行動者拍手喝采。於是，小團體就應運而生，團體彼此互為觀眾和演員。在很多情況下，我們的榮譽感和勇敢行為都是因於不想愧對自己的領袖、同志或者自己的部屬促成的。一個團體規模越大，就有一部分成員扮飾演員的角色，另外的成員扮演觀眾的角色。這樣一來，雖說這是集體行動，但在團體中就會自行分成演員和鼓掌部隊。鼓掌部隊同樣也算參與這個行動，他們因對極少數核心階層的尊敬、依戀與魅力，而被其吸引。

雖然我說人與人之間在本質上差異不大，但是我不能否認，如果你組成一個群體，那麼從群體的目的性來看，人們之間的差異就會顯露出來。簡單來說，一個十人的團體，自然需要一個領袖。一百人的團體中有十個精英分子，其餘九十人彼此雖然有細微差異，但這些成員就會被分成懶散的與積極投入的幾個層級。這情形如耶穌有十三個門徒，難免出現叛徒猶大一樣，這就是群體的本質。

就作為群體核心骨幹到隨著它向外圍擴散而減弱，甚至包含最薄弱的極限的全部行動的集體行動這一點而言，它與大眾社會幾千人、幾萬人的群體行為沒有什麼不同。

當我們說團結一致時，有時會使用偽善的措詞，因為在某種情況下，團結和領導統御相互矛盾，領導者傾向把服從自己領導作為團結的理據，而伴隨著往往把盲目服從當成團結。實際上，每個人都想以個人的自由意志、發揮全力以達到相互同等能力團結在一起，這樣做並不容易。同志情誼也有深淺之分，核心戰友的同志情誼很密切，外圍同志的情誼往往不親近。因此，那些極少數領導層之間最密切的革命情感，都是從置身危難險境中培育出來的。

在這方面，我們可以說集體行動中存在著個人之間的微妙差異，但最後的關鍵依然取決於領導者個人的決心。因此，領導階層若要將一種非理性的狂熱和自我陶醉的群眾裹挾進來，那就必須像高溫熔爐中的火焰那樣熊熊燃燒起來。革命領袖就是這樣，即使在右翼革命中，北一輝[3]具有這種領袖特質的性格，而所謂的領袖特質，即如引起核爆最開始的核分裂那樣，他就是原動力，正因為他是火焰中心點能以燎原之勢向四周蔓延開

3 北一輝（1883-1937），為戰前日本法西斯主義運動的理論導師，以鼓吹日本革命聞名。他所撰寫的《日本改造法案大綱》被戰前的日本少壯派軍人視為推動日本革命的金科玉律。

去。所以，我們不能被集體行動這個詞所迷惑，而要關注每一個人的意志是足以推動歷史的，最終，偉大的歷史演變也是來自個人的意志。卡斯楚[4]、切．格瓦拉[5]和毛澤東都是單獨的個體。我們必須知道，任何變革最初都是在個人心中點燃火焰蔓延開去的。

4 菲德爾．卡斯楚（Fidel Castro, 1926-2016），古巴著名領導人，並曾在中南美洲如多明尼加、哥倫比亞等地進行起義與社會運動。

5 切．格瓦拉（Che Guevara, 1928-1967），阿根廷的馬克思主義革命家、醫師、作家、軍事理論家及古巴革命的核心人物，其肖像已成為反主流文化的普遍象徵。

行動與法律

這次日航班機「淀號」遭到劫持的事件[1]，最令人震驚困惑的是，公眾竟然輕易地就接受了劫機犯凌駕法律界限的作為。一旦事實勝過法律，比起質疑這個事實是否符合正當性，大家只關心事實如何擺脫法律的制裁。而這個理由就是，以尊重生命和人道主義精神為優先考量，因為整個輿論都在支持「淀號」班機盡快飛往北朝鮮，包括機長、乘客及乘客家屬，甚至連日本政府也持這種態度。這起事件讓日本全國一億人陷入了虛

1 淀號劫機事件，一九七〇年三月三十一日，日本共產主義者同盟赤軍旅策劃的日航JA8315號劫機事件，九名劫機者於四月四日成功流亡朝鮮。之後朝鮮同意將飛機和人質送回日本，而劫機者則以進行必要的調查為由留在朝鮮，這是日本史上的第一次劫機事件。

脫狀態。日本政府顏面盡失、權威掃地，比人命尊貴的價值，在那一刻崩塌了，只有山村新治郎[2]政務次官自我犧牲的行動，才第一次得到尋常意義上某種廉價的人道主義的肯定。

緊急狀態是國家元首使出超過平常法治範圍的特別措施，在這種情況下，採行的措施包含緊急避難和正當防衛，亦即法律的例外條款。這個例外條款，對個人和國家都適用，相當於二戰前憲法中戒嚴令的規定，由於戰後日本沒有《非常事態法》，沒有因應緊急事態的大法。然而，人的行動在某種情況下很容易逾越實定法（人為法），我們的憲法是根據自然法制定而成，源自自然法制定所形成的各種人為法束縛著我們的現實生活。不過，出於十八世紀的自然法範圍較為寬泛，人們因於提倡自由、平等、博愛，就變成激進的革命思想，同樣它也可成為穩健的民主思想。這起劫機事件最具諷刺的對照在於，高唱自由平等博愛的左翼勢力，把同為基於自由平等博愛的《日本國憲法》精神的日本政府視為仇敵，給日本政府潑髒水扯後腿，拚命給日本、韓國、北朝鮮這三個國家帶來尷尬困境，為他們帶來了最初意想不到的巨大的政治效應。我們默認這三天來法律受到踐踏的狀態，眼看著被蹂躪的法律在塑造事實的世界，而我們卻只尋求事實如何解決，顯然是回到法律之前的狀態。所以，那些基於明智的選擇，基於人道主義的判斷及各種政治考量，就能催生出一定法規的力量，而這若成為劫機犯與政府一對一談判的籌碼，其談判籌碼本身就能變成一種新的法律，這情形如同使麵包膨脹的酵母，出現在我們面前的正是這種基於事實形成新法的狀態。這種法律和經由溫和的民主主義程序由立法機關制定的法律截然不同，而是因情況緊迫得手心冒汗戲劇性通過的法律。不管你認同與否，為了救出被劫持的乘客，都不得不與可惡的劫機犯妥協。

這起不可思議的劫機事件，占據最關鍵因素的就是時間，因為劫機犯

2 山村新治郎（1933-1992），為當時的日本運輸政務次官，他四月一日抵達機場與劫機者談判，四月三日將自己作為人質，讓劫機者釋放乘客和空服員。

本身料想不到，交涉時間長達八十多個小時。以戲劇譬喻的話，劫機事件就像一齣獨幕劇，瞬間開始、很快就結束，但這事態卻一拖再拖，從降落福岡機場加油，到飛往韓國降落可能引發微妙的政治糾紛等；而拖延時間等因素同時激發各種政治猜測，他們如同從垃圾桶中飛起的蒼蠅一樣。這群蒼蠅一直在「淀號」班機四周嗡嗡叫，他們讓日本這個假裝紳士的利己主義的自由民主國家、號稱堅決反共國家的韓國，以及以好戰聞名的共產主義國家北朝鮮露出各自的真面目，暴露出他們彼此的信任和不信任，讓信任頓時變成不信任，不信任霎時轉變成掉入無奈妥協式信任的喜劇裡。這些轉變全因分分秒秒推移的時間所引起。法律有其（請求權）時效性，超過一定時間（沒有行使權力），即消滅時效。另外，在某種情況下，法律有溯及既往的追訴期，對於過去沒有法律先例的狀態同樣能發揮法律效力（追訴行為人）。然而，這起因時間延宕的劫機事件，正顯示出法律遭到嚴重的踐踏，以及因人類彼此透過詭詐運作極為複雜的政治因素的糾纏，致使不斷製造新的狀況，另外，也揭示出制定特定法律的過程。韓國機場偽裝成平壤機場這種粗俗的劇情，若沒這段時間的延宕是難以想像的。顯然，這一切只是以人道主義包裝的猴戲表演，其實比起考量每個乘客的生命和人身安全，日本政府是更害怕被劫持者遭受致命威脅時而引發輿論沸騰才行動的。人道主義終究是虛有其表的，與這起事件相關的人士，是否有人真的關心乘客的生命，也令人高度懷疑。因此，赤軍旅明確地逆勢操作人道主義的行動，在某種意義上已取得成功，同時我們也看到，戰後二十五年間的人道主義和其無所不能，在此被徹底的顛覆了。

問題是，人道主義的漏洞在劫機行動前已然存在。這是因為國際法的引渡原則……「不引渡政治犯為原則」，而接受從不同政治體制國家逃亡的政治犯，首先基於人道主義的考量。最終，劫機犯利用人道主義漏洞獲得安身之處，也只能依靠國際法人道主義的庇護，雖說北朝鮮可以藉此政治操作，但在表面上是基於不引渡政治犯的人道主義基礎上。

因此，這起事件給我們的教訓是，政治行動可以凌駕法律，可以逾越秩序，可以踐踏體制。這是一條極具諷刺意味的法律，因為它只要從根本上牢牢抓住人道主義的漏洞就行了。我想，大概只有性衝動才能超越人道主義了。

基本上，我關注這起劫機事件是因為去年十二月我前往韓國採訪，我搭乘大韓航空國內航班 YS-11，從東海岸（江陵）飛往漢城的隔天，傳出北朝鮮特工挾持航班所有乘客的劫機事件，對我而言真是一日之差的驚魂之旅。如果我直接被帶到北朝鮮也是命運未卜。而且，當然劫機行動中有一種快感，但只有受到劫機行動牽連、置身混亂恐怖不安狀態的被劫者最能體會的了。我們搭乘飛機的時候，因為處於被動狀態所以感到可怕。就我來說，即使搭乘同一架飛機，坐在戰鬥機或軍用直升機上，從未感受到墜落的危險。人類在行動時，不會感到危險。因此，我可以說，這起劫機事件的劫機犯感受到的顫慄，與被劫持的乘客的驚駭程度恰恰相反。

行動與距離

敵人和盟友之間總是有距離的。打架與戰爭也跟距離有關。所以，如果縮短距離是得以展開攻擊的，但與此同時自己亦可能遭到敵人的反擊。

劍道最看重距離的掌握。這並不限於劍道，在空手道組手（對打）中，距離被巧妙地分為自己的距離和對手的距離。在空手道的對打中，當雙方擺出架勢步步進逼時，你是否判斷出對手攻擊和自己進攻的距離，決定著你的生死成敗。如果你沒有在觸手可及的範圍內開始攻擊，那麼你就已經進入對手攻擊的距離，你的攻擊就會慢下來。戰鬥者必須推開罩在自身周圍那一道無形的透明薄膜，進退有度地進行攻防。

不僅空間存在距離，也有時間的距離。從理論上來說，如果你始終堅持守住最佳的距離，那麼你就不會遭到攻擊，但在戰鬥的原則上，你不可能一直處於防禦的狀態。迄今為止，在比賽中從來沒有專以防禦取勝的案例，反而是，只守不攻的一方，最後必然要敗陣的。

因為無論你在自己周圍建立多麼堅固的陣地防衛，一味防衛等於給敵方提供更多寬裕時間攻擊，如果守方陣地有三成力量，包圍的敵方隨著時間的推移，力量得到增強，從五成七成甚至十成之際，守方若未補充軍援，仍只停留在三成力量的話，必然是要打敗仗的。空間的距離與時間的距離，對於展開行動至關重要，正如上述，這情形如一對一的決鬥，或者說，這亦可泛指左翼勢力集團與龐大的國家機器的戰鬥。

我們可以想像這種對峙在一九七〇年會越加迫切，實際上這種態勢去年秋天大致已被國家機器打破了。現在，這種有利態勢站在政府這一邊，很難說左翼勢力陣營處於優勢。自己若能取得有利的態勢，行動就能充分自如。左翼陣營要挽回這種態勢，或多或少必須爭取時間，因為在空間上的失利只能依靠時間挽救了。這時候，貿然攻擊的話，一定會以失敗告終。這裡，時間是微妙的因素，過度拘泥時間優勢會降低攻擊力，亦會喪失近身進攻的原動力。這與劍道比賽一樣，過度瞪視對方只會消耗精力，最終形成對峙，無法攻擊對手。

人們經常說，革命的條件已然到來，但我認為，共產黨勢力和反日共勢力對形勢的判斷不同，與其說他們的意識型態相左，不如說他們有更大的盤算。也就是說，現在，日共的做法是最終以空間換取時間，換言之，他們採取遠距離打法，透過這種打法，在革命條件成熟之前，始終適當地以小步來回跳躍應付對手，決不然貿然發動攻勢。

然而，反日共勢力批判這種戰術，他們支持切．格瓦拉的策略，革命的條件不是等待成熟時機到來，而是自行打開道路。的確，從劫機事件可以看出，它已經得到巨大的政治效應，該劫機事件發生前後，其重構現實社會的政治條件已經發生了變化。

不過，他們即使力量相等、內部組織已做了調整，而隨著這樣反覆進行，掌權者權力布局的能力漸漸受到追究，最後，或許如共產黨勢力所說，其內部會自行瓦解，但話說回來，當權者並非是省油的燈，他們會盡一切手段以防止類似突發事件再度發生。

所謂製造狀況或刻意而為，的確是行動的條件之一，它還包含行動的巨大含義。因為沒有某種狀況，行動就不會發生效果。從行動為主的立場來看，沒有某種狀況，它就必須以行動強行製造狀況。

換句說話，即使你在時間上縮小差距，並有失敗的心理準備，你仍必須盡最大努力縮小空間上的差距。

但為了進行最有效的行動，如果以小動作製造狀況，在這個階段上，敵方就會增強防禦能力，己方大舉行動的難度增高起來。這就是日本共產黨的擔心所在。因此，為了在最終能夠大舉行動，他們採取波瀾不興、等候時機的策略。

即使這不是一個大問題，我們也會用類似劍道中的間距[1]來處理日常生活中的小事情。

譬如，你向某人邀請演講，但受邀者對是否答應邀約猶豫不決。這時候，你預設對方會來演講，沒得到同意就自行印製傳單了。這就是專斷不顧彼此間距的做法。

然而，如果這位演講者能力強大，那麼此間距的進逼可能會讓他小心謹慎，原本有強烈意願演講卻加以拒絕了；而實力較弱的演講者，由於看到他的名字出現在印刷品上，也許會藉此機會接受演講邀請。

不能有效掌握彼此進退的間距，不可能營造出良好的人際關係。

行動的目的即徹底打敗敵手，一旦揮出拳頭，沒打中對手就毫無意義。有過拳擊比賽揮拳落空經驗的人知道，揮拳落空遠比擊中目標更耗損

1 間距，劍道雙方拿竹刀以中段架式對峙時所站的距離。一般最理想的距離係一足一刀的間隔，如此跨進一步便能劍及對方身上易於攻擊，退後一步則能避開對方的有效攻擊距離。

自身的體力。

不過，守備的一方，有時亦會採取誘敵深入的戰法，刻意露出破綻誘使敵方進逼。也就是說，這個做法的目的在於故意向敵方示弱，誘其頻頻攻擊卻徒勞無功，讓他們陷入失敗主義或掉進虛無主義的泥淖裡。

毌寧說，現在，左翼勢力只能採取這樣的戰略，不讓敵人看出自己的戰術，讓敵人陷入徒勞的困局。如果把互相交換刺拳視作第一階段戰術，完全使其陷入揮拳落空的焦慮狀態視作第二階段戰術的話，那麼最後就算挨了幾拳，也要藉機痛宰對手。這就是所謂「你割我肉我斷你骨」的戰術。不過，我們仍要充分估算身體承受的打擊與重創程度，否則就會因受重創而讓你徹底吃下敗仗。如果你進入敵方的間距，足以打亂敵方的節奏，那麼作為守方就不能只守住自己的間距，而是應當自行打破自我的設限，付諸行動了。

行動的結束

所有的事物都有其起始和結束，行動也是有開幕就有閉幕。行動有時也會反覆，瞬間而起瞬間結束，很難判斷它的對錯與否。許多事件埋在歷史深處，經過漫長歲月仍未得到公平的對待。現今，尚未對於「二・二六事件」[1]做出歷史評價也是原因之一。最近，村上一郎[2]介紹了中共所傳發《日本共和制宣言》的文章，該文大力宣稱，二・二六事件是光輝革命

1 二二六事件，一九三六年二月二十六日，日本陸軍的部分「皇道派」青年軍官提出「尊皇討賊」口號，以「昭和維新」之名發動武裝兵變，意圖推翻內閣，成立由天皇直接領導的軍人政府，最終政變遭到撲滅。

2 村上一郎（1920-1975），文學評論家、小說家。三島由紀夫對其代表作《論北一輝》評價極高。

的先驅，所有的革命鬥士都應當效法二．二六事件青年軍官的精神。像這樣，有時一個事件經過很長時間以後，反對陣營也會給予高度評價。因此，在任何政治事件中，行動者的動能都得到最大的發揮，讓人留下深刻的印象，它甚至有著超越意識型態、驅動別人行動的強大動力。與文學的影響不同，行動的影響如滴水穿石般滲透，人們接受這個影響，就會逐漸推己及人，或者由他支配整個集團，然後敦促他進行下一個行動，這種說法令人想起，亞歷山大大帝所建立偉大的功業，正是仿效希臘神話英雄人物阿基里斯而來的。

我拉拉雜雜論及了行動，但不可否認的我在論述中也感到某種虛無感。正因為無法以言詞表現所以才採取行動，因為論述不盡所以才實際行動。用言詞表現的行動會如煙消失，沒有留下任何痕跡。在行動家看來，要建立行動的理論體系，無疑是滑稽笑談。這道理與運動選手引退後成為體育理論家一樣，因為任何領域的行動家並非依靠這套理論而行動的。一個有實力參加奧運的現役運動選手，他們多半不知道自己的潛能極限，而是聽從教練嚴厲的指導去更新紀錄的。

另一個令我感到虛無的是，現代日本是否還存在進行所謂合法範圍內的行動了。最近發生的「劫船事件」[3]是以單純的形式來呈現個人行為與死亡。大家都認為這是單純的犯罪事件而鬆了一口氣，那只是行動法則按其自身流動而已。如果，那個劫船者基於政治信念行動的話，或許每個人對此看法各有不同，不過，就算他基於政治理念而行動，也會採取這樣的行動模式。我進而想到，「淀號劫機事件」的劫機犯，他們有理性、有計畫和有耐性，發揮著抑制其行動的暴衝性。有些人將這起劫機事件視為瘋狂的行為，這種冷靜的控制力遠非瘋狂，而是將行動本身限制在知識分子的行動範圍內，在這八十多個小時內，我們無法發現任何可怕的疑點。毋

3 又稱瀨戶內劫船事件，一九七〇年五月十二日，一名二十歲青年劫持了一艘由廣島開往愛媛縣今治市的定期客輪「王子號」，後來該青年遭到警方射殺。

寧說，這些被視為愚蠢至極的劫機犯的心智中隱藏著從未被分析或猜測過的衝動、絕望、死亡等可怕因素。楚門・卡波提[4]之所以寫作〈冷血〉這部作品，旨在關注隱藏在尋常暴力犯罪背後的人類有如此可怕的神話特徵，因為這些根本不是政治犯罪。或許，現今我們認為崇高的希臘神話，其原型就是因於一起單純的犯罪案件。

說到行動，如果我們試圖只關注合法行為，那麼將只剩下像三浦雄一郎[5]先生那樣的體育冒險世界了。儘管他的高山滑雪充滿了炫奇的表演性質，由於其絕對的無償性，反而遠離了人的本質、行為的奧祕及其人性的真正謎團。我們在精確規範的體育運動行為中，反而無法看出隱藏在行動背後的原因，因為人類有著愛與恨這些特質已經被那機制消除了。尤其是，據說三浦先生那次高山滑降用盡科學方法反覆精心準備，因而得到了許多企業的援助，他的冒險成果與阿波羅登陸月球很相似。我們未來社會的合法性活動將越來越類似於阿波羅登月等軍事行動，以人類運動能力的形式來承擔遠離人性原始恐懼和神祕的精密機械性而已。人們在追求冒險時，似乎只有兩種道路選擇：要麼全力以赴面對其合法性的活動；要麼退下來，直面犯罪黑暗可怕的人性深淵及其神話的特質。除此之外，或許就沒有所謂真正意義上的行動了。

然而，正是江戶時代晚期的劇作家默阿彌[6]在犯罪的行為中發現了美和浪漫主義。默阿彌筆下的英雄全是罪犯和小偷。一個社會發展成熟、日漸和平安定，人們就會傾向在那樣的環境中尋求行動性的英雄原型。文學

4 楚門．卡波提（Truman Capote, 1924-1984），美國作家，著有多部經典文學作品，包括《第凡內早餐》、《冷血》等。一九五九年，美國南方小鎮發生滅門血案，吸引了卡波提的注意，他立即趕到當地並全心投入調查，為了深入了解凶手的心靈，卡波提與嫌犯成為好朋友，而描繪他們心靈狀態的《冷血》於一九六六年出版。

5 三浦雄一郎（1932-），日本著名滑雪選手、登山家。他於一九七〇年五月，自世界最高峰聖母峰的珠峰南坳成功滑降，打破全球海拔最高處滑降紀錄，獲金氏世界紀錄認證。

6 河竹默阿彌（1816-1893），明治初期最著名的歌舞伎劇本作家。他的許多作品，至今仍經常被歌舞伎劇團演出。

終究和阿波羅登陸月球的科學實驗和三浦雄一郎的高山滑降毫無關係，它只能隱身在與科學知識及其投下大資本的科學實驗的相反之地了，所以，文學和藝術自然而然走向非法行動的黑暗深淵。它為何是深淵？為什麼是黑暗的？畢竟，法律是現代社會對於人的規範，人性比現代社會和法律更深更廣。曾經頂著陽光的人被驅趕至背陰處，曾經博得人們稱讚有加的英雄行為，現在卻變成現代人道主義立場審判的對象了。

正如越南美萊村屠殺事件[7]那樣，在日本參與示威行動有數人死亡，就用「虐殺」誇大的字眼形容，我們反而喪失了「虐殺」這個詞語可怕的衝擊力，如果被警車碾斃也是虐殺，數百名少女兒童被輕機槍掃射打死也算虐殺的話，那麼我們就不能以尊重生命的人道主義之外的任何道德律令來審判行動了。不過，行動往往會逾越人道主義並冒著生命危險，因此，它與現代人道主義建構的所有體系相互衝突。當我們沒有察覺到隱藏在行動自身中的可怕時，我們就可以放心地投入體育，可以安心地稱讚「那個人很活躍啊」。

一個男人每天在公司的董事長室打一百二十通電話，一面與其他貿易公司進行商業競爭為什麼很有行動力？然而，一個男人到了落後國家騙取該國的居民、為公司賺取利益得到肯定，其行動力又從何而來？當今，那些所謂十分活躍的人士，通常都帶有這種世俗社會的糟粕痕跡。而在這世俗的汙穢中，人們眼睜睜地看著英雄類型枯萎、死亡，散發出無情的惡臭。我認為青年們應該焦灼地守護著這些事實：他們曾經從少年雜誌上的故事漫畫中學到的英雄類型，在他們應該置身的未來社會中遭受無情的失敗和腐敗，然後，對毀掉英雄類型的整個社會大聲否定，並且誓死捍衛自身這個小神。

7 美萊村屠殺事件，一九六八年三月十六日，越戰激烈，美軍挺進南越的美萊村，在當地屠殺手無寸鐵的村民。

〈解說〉太陽神與行動的銳意

邱振瑞

有一種觀點認為，要理解三島由紀夫自身包含的矛盾共同體，有必要回到二戰後日本文學這個基點上，因為沿著這個起點探索，我們將會得到時代社會與作家的互動關係，以及三島這個異端作家，以何種生命的姿態，以何種戰鬥的位置，豪邁地驗證和實現其全部精神內涵。換句話說，如若抽離歷史中的混亂與喧囂，我們就不容易看清楚歷史的面貌了。

隨著日本於一九四五年八月十五日宣布戰敗，八月底，聯軍總司令道格拉斯·麥克阿瑟進駐日本，開始執行占領統治，為日本制定的和平新憲法，明文規定日本不得發動戰爭，將其改造為非軍事化和民主化。在非軍事化方面，解除日本的武裝兵力、廢除軍事機構、審判和懲罰戰犯、驅逐極端國家主義者、解散極端右翼愛國主義團體；在實現民主化方面，推動各種具體作為：不打壓社會主義陣營、公眾大幅參與政治活動、享有更多言論自由、扶持工會的成立與運作、進行農地改革等等。例如，隨著廢除與解散樞密院、貴族院、治安維持法、財閥等軍國時期的特殊體制，滿二十歲的男女獲得選舉權，並承認日本共產黨為合法政黨，這些由美國占領軍（麥克阿瑟）主導的對日本的民主改革，讓經歷軍國時期的日本民眾大為震撼，他們以一種複雜的難以言喻的心情，接受或適應這樣的時代變革。當時，日共首腦德田球一更是春風得意，他率領日共幹部歡迎美國占領軍的到來，並視之為解放（日本）軍，在那個時點，大家都認為那個軍事專制的舊日本（帝國）徹底解體了，將從戰後的廢墟上出發，迎向民族復興的道路。

然而，這民主化的改革浪潮，進入一九四七年的「二・一總罷工」

時，受到極大的壓制和頓挫，其後，一九五〇年六月韓戰爆發，日本旋即被投入軍需產業的大潮中，看似風起雲湧的社會運動（工運）劃上了休止符。事實上，由陸軍大將東久邇宮稔彥王組成內閣，東久邇首相在國會上提出〈承詔必謹〉、〈國體護持〉，以及「一億人總懺悔」的演說和施政方針，曾經給予日本社會帶來一絲希望，而作為破土而出的戰後日本文學也適時地做出回應，以各種方式呈現戰後社會的變遷。

首先，聲名斐然的老作家們，重新登場踴躍發表作品，戰爭期間被迫停刊的雜誌重新面世，例如《中央公論》、《改造》、《文藝春秋》、《日本評論》、《新潮》等重要刊物，看得出來，它們的復刊象徵著新時代的力量，同時意味著欲掃除戰敗陰影的奮起與作為。

在這股力量的激勵下，又催生出《新生》、《世界》、《人》、《展望》等綜合性雜誌及文藝雜誌。這對於在戰爭期間被迫保持沉默的老作家：正宗白鳥、永井荷風、谷崎潤一郎、志賀直哉等，無疑是絕佳的機會，因為有此刊物發表作品，他們得以填補戰爭期間的文學心靈的空白。進一步說，那些沒能通過占領軍的審查制度（或如戰時內務省嚴格的審查手段，塗黑文字、削除、空白）的文章，都在這個新制度中巧妙地得到重現。

永井荷風的〈踊子〉（《展望》，一九四六年一月）、〈浮沉〉（《中央公論》，同年同月）、〈不問而語〉（《展望》，同年七月）等，又或者谷崎潤一郎於戰前發表的《細雪》，在《婦人公論》上綻放異彩。這些描寫男女情愛的故事看似平淡無奇，卻是眾多讀者渴求的精神糖分。

在那以後，正宗白鳥的〈戰爭受難者的悲哀〉（《新生》，一九四六年一月）、志賀直哉〈灰色的月亮〉（《世界》，同年同月）、里見弴〈絕妙的醜聞〉（《改造》，一九四七年一月）、宇野浩二〈煙草〉（《世界》，同年十一至十二月）等作品，皆受到戰後文壇的矚目。

不僅如此，早先受到壓抑查禁的普羅文學和團體（新日本文學會），在戰後的新格局中積極登場，如宮本百合子《播州平原》、《兩個庭院》、

《路標》、德永直《妻子，安息吧》、佐多稻子《我的東京地圖》、中野重治《五勺酒》，以及平林泰子的〈一人前往〉、〈我活著〉和〈人生實驗〉，這些作品煥發著噴薄而出的生命力。

而出生於一九二五年的三島由紀夫，他又是如何看待和回應戰後的時代格局的呢？

眾所周知，三島是對絕對的追求者。在他看來，戰後這個時代的確存在廢墟與復興，但同時它又是喪失禁慾主義的現實社會，在他的潛意識裡，有時總要蠢蠢欲動，想對其徹底的報復。這並非意識型態的問題。三島的研究者指出，三島是個精神貴族主義者，他認為自衛隊、自民黨和日本共產黨都是卑俗的東西，沒有比實現「不可能」的境地（目標），更能吸引或激發他的行動力了。一如他持續以志的觀點那樣，「由藍天對地上的否定，透過典雅的造型力，將其封鎖在自己的作品中。」他懷抱著這危險的夢想與渴望，一種危險的思想論說，但不可否認，他同時又展現其虛榮心。他在文章中說，自己最大的敵人，即以「戰後思想」這種安全為由的「思想」，因為它意指「戰後」是安全的時代。正因為如此，在他發表《論文化防衛》之後，理所當然地被視為國粹主義者，指控他總是深藏著恐怖的政治意識型態，是個體現日本精神的右翼分子。然而，客觀說來，至少「日本」與「戰後」屬於不同層次，他有身歷其境的苦澀經驗（因肺部浸潤被免除兵役），因此，他內在生命中的「反論（似是而非的論點）」就會被重新喚起。他一直相信「諷喻」的力量，卻又被矛盾所折磨。以「二·二六事件」為例，三島比誰都清楚，如果皇道派青年軍官在二·二六事件中取得成功，那麼他瞬間就會採用統制派的邏輯成為卑劣的政治人物。

三島由紀夫應當知道，悲劇性的敗亡不是革命。所謂成功的革命已不是革命這種似是而非的論點。因為武裝政變成功的同時，意味著精神性已經喪失。所以，他害怕的並非政變的失敗，而是因其成功得以存活下來。

由他組建的「楯會」悲劇性的毀滅，即顯現這個悲壯肅劇（編按：即「希臘悲劇」）的本質。

有專家指出，其實，這個矛盾本身就是與三島由紀夫相通的。因為他清楚自覺到，悲劇性的敗亡並非證實高貴精神的方法，政治上的贏家必然享受著偷安之樂。這就是他的日本文化論的根底：一種「滅亡」又得以持續的「矛盾」情結，尤其在他自刃的當下，矛盾的特質就會明晰地顯現出來。

基於這個精神原理，日本文學家指出，三島由紀夫的自殺可歸納三點：一、無意義和荒謬的；二、為日本精神和美學殉死；三、展現自我的死亡表演。然而，這三點批評似乎過於片面，不算深刻地理解三島的精神世界。

毋寧說，三島是為了否定人性這種自然（本質），選擇了將肉體鍛鍊成「鐵」的道路。儘管，在日本戰後世代的作家當中，多半傾向於對黑暗的偏執與誇示，但不能否認的是，三島對於鐵灰的戰後格局亦有像太陽般熱烈的追求。在三島的政治學辭典裡，作為「行動」這個動詞，始終就帶有實現願景和悲壯的色彩，不是作為空泛無力的名詞而出現。

太陽與鐵

作　者　三島由紀夫
譯　者　邱振瑞
主　編　郭峰吾

總編輯　李映慧
執行長　陳旭華（steve@bookrep.com.tw）

社　長　郭重興
發行人　曾大福
出　版　大牌出版 / 遠足文化事業股份有限公司
發　行　遠足文化事業股份有限公司
地　址　23141 新北市新店區民權路 108-2 號 9 樓
電　話　+886-2-2218-1417
傳　真　+886-2-8667-1851

封面設計　許晉維
排　版　新鑫電腦排版工作室
印　製　成陽印刷股份有限公司
法律顧問　華洋法律事務所　蘇文生律師

定　價　380 元
初　版　2023 年 03 月

電子書 E-ISBN
978-626-7191-94-1（EPUB）
978-626-7191-93-4（PDF）

國家圖書館出版品預行編目（CIP）資料

太陽與鐵：三島由紀夫總結一生的哲學告白，獨家收錄三島文明論巨作《行動學入門》/ 三島由紀夫 著 ; 邱振瑞 譯 . -- 初版 . -- 新北市 : 大牌出版 , 遠足文化發行 , 2023.03
216 面 ;13.6×19.2 公分
譯自 : 太陽と鉄
ISBN 978-626-7191-97-2 (精裝)

861.67　　112002200